Ich widme dieses Buch
meinen Eltern,

Heinrich Barkhorn (*1930 - † 2011)
und
Irmgard Barkhorn (*1930 – † 2013)

sowie meiner Schwester,

Amke Wegner,
geborene Barkhorn (*1953 - †2018)

Inhalt

Vorwort

Ich habe die erste Auflage dieses Buches im Frühjahr 2019 verfasst und im Eigenverlag veröffentlicht – mit gewissem Erfolg, über den ich mich freue. Vier Jahre später sah ich mich nun veranlasst, das Manuskript zu überarbeiten. Am Inhalt des Buches hat sich damit nichts Grundlegendes geändert. Nur im letzten Kapitel wurde eine interessante Episode hinzugefügt. Bei Lesungen bin ich mitunter über Satzkonstruktionen gestolpert, die mir nicht mehr gefielen. Das ist jetzt mit der überarbeiteten Version behoben.

Kühlungsborn, September 2023

Einleitung

Die Geschichte meiner Familie und damit auch meine eigene, die hier erzählt wird, begann wie für viele andere auch im Zwei-Staaten-Deutschland und setzt sich heute im vereinten Deutschland fort. Trotzdem ist und bleibt sie etwas ungewöhnlich für unsere Zeit. Denn wir waren eine von sehr wenigen Ausnahmen, als meine Eltern mit uns sechs Kindern im Frühjahr 1967 „rübergemacht" sind.

Das Besondere bestand in der Richtung, in die wir uns für immer begaben, und das war keine ganzen sechs Jahre nach dem Mauerbau!

Denn wir mussten nicht wie andere Deutsche bei ihrer Flucht in den Westen noch todbringende Selbstschussanlagen und Stacheldraht überwinden. Bei uns ging die Reise in die entgegengesetzte Richtung. Wir fuhren mit dem Auto und offiziell, ganz freiwillig und körperlich völlig ungefährdet und unversehrt „in die Deutsche Demokratische Republik", um fortan dort zu leben. Für mich als Kind war es nichts Schlimmes.

Nur die Trennung von meinen Groß-eltern tat weh. Ansonsten begegnete ich all dem Neuen mit einer großen Portion Neugier und ebenso viel kindlicher Naivität. Diese Naivität auch in Bezug auf die DDR mag man dann auch aus den Erzählungen immer wieder mal herauslesen. Aber ich habe alles so aufgeschrieben, wie ich es damals erlebt und auch gesehen habe, so authentisch wie möglich.

Die Kritik am System mag manch einem damit zu kurz kommen. Aber dessen Bewertung steht nicht im Vordergrund.

1. Kapitel

Wir ziehen um

Ich nehme es gleich vorweg, weil sonst oft an irgendeiner Stelle danach gefragt wird: Meine Eltern waren keine Kommunisten oder sonst irgendwie politisch aktiv. Sie waren sehr aufgeschlossene Menschen, die beide aus einfachen Verhältnissen stammten und die sich für keine harte Arbeit zu schade waren. Mit ihnen zusammen konnte man wunderbar feiern und gemeinsam lachen.

Aber man konnte sich mit beiden ebenso über Politik unterhalten und manchmal auch leidenschaftlich streiten. Jedoch politisch in einer sturen Richtung festgelegt waren beide nicht. Auch wenn meine Mutter gelegentlich mit etwas Stolz erzählte, dass ihr einst Wilhelm Pieck, der erste und einzige Präsident der DDR, im Jahr 1949 nach einem Arbeitseinsatz der Freien Deutschen Jugend in der Prignitz als Auszeichnung die Hand geschüttelt habe. Mutter stammte aus dem Osten, sie wurde in Pritzwalk geboren und wuchs dort bis zu ihrem 20. Lebensjahr auf.

Ihre Begegnung mit dem Kommunistenführer Pieck hatte sie dann auch nicht davon abhalten können, dem Ruf ihres älteren Bruders an die Nordsee zu folgen. Noch im selben Jahr setzte sie sich in den Zug und reiste in den Westen. Dort blieb sie und lernte meinen Vater, einen gebürtigen Bremerhavener, kennen. Wenn man es genau nimmt, begann mit dem Kennenlernen der beiden im Krankenhaus in Bremerhaven-Lehe unsere deutsch-deutsche Familiengeschichte.

Was für unsere Eltern stets wichtig war: Sie waren immer sehr stolz auf ihre sechs Kinder, ihre zehn Enkelkinder und ihre ersten Urenkel, die sie noch kennenlernen durften. Der enge Zusammenhalt, der uns Kinder über viele Jahre prägte, beeindruckte sie besonders. Uns selbst war es manchmal sehr peinlich, wenn mein Vater gegenüber Nachbarn oder Kollegen davon schwärmte, was für gut geratene und erzogene Kinder wir doch wären.

Mutter konnte das aber genauso gut. Im Grunde aber hatten sie ja Recht. Denn wir waren schon eine großartige Truppe und sind es im inzwischen veränderten und längst größeren Rahmen auch heute noch.

Sechs Kinder – Junge und Mädchen je dreimal hintereinander – das muss man erstmal hinbekommen. Aber die Kinderschar, die Mutter und Vater zu versorgen hatten, war mit einer der Gründe für den Umzug in die DDR. Denn wirtschaftlich ging es uns nicht gut. Mitte der 60er Jahre war auch das viel gepriesene Wirtschaftswunder im Westen längst wieder abgeflaut.

Das war in Bremerhaven, wo wir wohnten und unsere Eltern als Pächter einer Brauerei eine Gaststätte betrieben, nicht anders. Zur allgemeinen äußeren Krise gesellten sich bei uns noch andere Probleme hinzu. Die Brauerei, der die Kneipe gehörte, meldete Insolvenz an. Um das marode Gaststättengebäude selbst zu kaufen und zu sanieren, fehlte meinen Eltern das Kapital.

Dann erkrankte Mutter, sie war damals 36 Jahre alt, an einem schweren Nierenleiden. Die Ärzte diagnostizierten einen komplizierten Bakterienbefall. Angeblich hätte man den nur mit einer kompletten Entfernung der Niere beseitigen können. Für die teure Operation aber wollte die Krankenkasse meines Vaters, über die sie mitversichert war, nicht aufkommen. Das brachte das Fass zum Überlaufen.

Wir Kinder bekamen von all dem Ungemach anfangs nur Bruchstücke mit. Bis unser Vater uns eines Morgens alle um sich versammelte und uns erklärte: „Wir ziehen um – nach drüben, wir fahren noch heute los. Das Wichtigste packen wir sofort ein und nehmen es mit, den Rest lassen wir uns nachschicken."

Dann bläute er uns Kindern noch ein, dass wir ab sofort zu „drüben" nicht mehr „Ostzone", sondern künftig nur noch „DDR" sagen sollten und das jetzt schon mal üben könnten. Zu groß war seine Angst, gleich bei denen, die im Osten das Sagen hatten, anzuecken.

2. Kapitel

Reiseziel Berlin!

Wir hatten die hintere Ladefläche unseres „De-Ka-Wupptich", wie wir unseren himmelblauen DKW-Kombi aus dem Baujahr 1958 liebevoll nannten, schon bis unters Dach vollgepackt, als wir uns dann noch zu acht in das Innere des Fahrzeugs quetschten.

Für Familienausflüge, die wir vorher oft unternommen hatten, hatten wir meistens eine andere Sitzordnung. Da saßen mein älterer Bruder Peter und ich hinten auf der Ladefläche und unsere vier Geschwister teilten sich die hintere Sitzbank. Wenn dann Polizei in Sicht kam, pfiff Vater und wir Brüder duckten uns. Das ging dieses Mal auf der Umzugsfahrt in den Osten nicht, weil die Ladefläche bis oben vollgepackt war.

Meine älteren Geschwister, Peter (fast 15) und Amke (13, die übrigens wirklich mit „m" geschrieben wird) nahmen die Lütten, Jörg (fast 6) und Sigrid (fast 4), außen auf ihren Schoß und meine

Schwester Monika (9) und ich (11) quetschten uns in die Mitte.

Wir Kinder hätten uns gewünscht, dass wir vor unserer Abreise nochmal zu unseren Großeltern fahren würden, um uns zu verabschieden. Ein großer Umweg wäre es nicht gewesen. Sie wohnten in einem kleinen Bremerhavener Vorort, direkt hinter dem Deich an der Wesermündung. Aber die Situation, in der unsere Eltern damals wirtschaftlich und mental steckten, war so angespannt, dass sie darauf bewusst verzichteten.

Dazu fehlte ihnen wohl auch der Mut. Und wer weiß, vielleicht hätte der große Umzug, der unser aller Leben beeinflusste, dann gar nicht erst stattgefunden. So aber rollten wir mit unserem Kombi in Richtung Osten. Die Fahrt dauerte schon ein paar Stunden. Denn mit voller Ladung konnte nicht so schnell gefahren werden.

Statt der Autobahn – sie begann damals erst kurz vor Bremen – wählte unser Vater eine alternative Strecke in Richtung Osten über Bundes- und Landesstraßen.

Ich erinnere mich noch gut daran, wie wir in Lauenburg, kurz vor der Grenze, an eine Tankstelle fuhren und unser Auto ein letztes Mal im Westen vollgetankt wurde. Den Preis für einen Liter Benzin, der damals an der Zapfsäule stand, sehe ich heute noch vor meinen Augen: 48 Pfennig!

Es muss später Nachmittag gewesen sein, als wir am Grenzkontrollpunkt Lauenburg, also auf westlicher Seite der deutsch-deutschen Grenze, eintrafen. Denn es war Anfang April und es war noch recht hell.

Was sich dann dort abspielte, mutet vielleicht etwas abenteuerlich an. Es hatte sich aber tatsächlich so zugetragen. Denn wir hatten ein riesiges Problem! In der ganzen Eile beim Einpacken hatte meine Mutter ihren Personalausweis nicht finden können. Den hätte sie aber gebraucht, um über die Grenze zu kommen.

Denn meine Eltern hatten vor, auf westlicher Seite anzugeben, dass wir auf der Transitstrecke nach Berlin (West) unterwegs seien. Aber ohne Ausweis konnten sie das vergessen.

Ob mein Vater das, was er dann tat, genauso plante oder spontan den Einfall dazu hatte, konnte er selbst später nicht mehr genau erklären. Aber clever und auch ein bisschen wagemutig war es allemal!

Denn er hatte den DKW bis knapp vor den Schlagbaum gefahren, als er anhielt. Der westdeutsche Grenzbeamte kam an die Fahrerseite und fragte routiniert: „Wo wollen Sie hin?".

Dazu gab es damals nicht viele Möglichkeiten. Entweder man fuhr über die Transitstrecke B5 (in der DDR F5) nach West-Berlin, in eher seltenen Fällen weiter in Richtung Polen. Oder man fuhr zu einem Verwandtenbesuch in die DDR.

„Wir wollen nach Berlin", betonte unser Vater deutlich. Der Beamte schaute ins Wageninnere und sagte: „Dann bitte die Ausweise von Ihnen und Ihrer Frau!"

Vater reichte ihm in aller Ruhe sein Dokument hin, zeigte auf Mutter und meinte betont leger: „Das Problem ist: Ihr Ausweis liegt hinten zwischen all den Sachen."

Mit dieser Ausrede hoffte er, einfach durchgewunken zu werden. Der Grenzbeamte blieb jedoch hartnäckig. „Dann müssen sie den jetzt raussuchen. Den Ausweis oder einen Reisepass brauchen Sie nachher sowieso, sonst kommen Sie da drüben in der Zone keinen Meter weiter", erklärte er.

Danach öffnete er entgegen allen Dienstregeln den Schlagbaum, weil schon ein weiteres Auto hinter uns stand und sagte in forderndem Ton: „Sie fahren da jetzt rechts ran und dann suchen Sie ihren Ausweis!".

Im Glauben, diesen Fall fürs Erste geklärt zu haben, wandte sich der Beamte dem nächsten Fahrzeug zu. Diesen Moment nutzte mein Vater auf etwas riskante Weise aus. Er machte nicht einmal den Versuch, anzutäuschen, dass er nach rechts ranfahren würde. Weil auf westlicher Seite des Grenzüberganges außer dem schon geöffneten Schlagbaum kein anderes Hindernis mehr im Weg war, gab er einfach nur Gas und fuhr, so schnell es ging, davon.

Die Grenzbeamten unternahmen aber nichts. Sie sahen nur verblüfft hinterher!

Wir Kinder, selbst überrascht von der Aktion unseres Vaters, schauten etwas ängstlich nach hinten, um zu sehen, ob uns jemand folgt. Aber erstens sahen wir nichts, wegen des Gepäcks und zweitens war die Aufregung unnötig. Es kam niemand.

Bis zum DDR-Kontrollpunkt waren es noch ein paar hundert Meter oder mehr. Mir kam die Strecke unendlich lang vor. Dann kamen am rechten Straßenrand ein paar hohe Fahnenmasten in Sicht, mit auffällig großen Flaggen dran. Und ein großes Schild machte uns darauf aufmerksam, dass wir uns jetzt in der Deutschen Demokratischen Republik befinden würden.

Vater hatte es bei seiner riskanten Aktion so eilig gehabt, dass es auch den Grenzern auf östlicher Seite nicht verborgen blieb. Wie mag es aus deren Blickwinkel ausgesehen haben, dass sich ein voll beladenes Auto mit rasantem Tempo auf den eigenen Kontrollpunkt zu bewegte?

Die Reaktion fiel entsprechend aus: Als Vater den DKW endlich verlangsamte und auf den ersten von insgesamt drei Schlagbäumen des DDR-Grenzüberganges Horst (nahe Boizenburg) zurollte, stellten sich uns mit eiserner Miene drei Soldaten entgegen. Jeder von ihnen trug eine Maschinenpistole – zwar nicht im Anschlag, aber entschlossen mit beiden Händen haltend.

Und ein Offizier, der seine rechte Hand auffällig in der Manteltasche stecken ließ, ging mit eiligen Schritten auf die Fahrerseite zu und herrschte meinen Vater durch das inzwischen geöffnete Wagenfenster an: „Aussteigen! Alle!"

Dass er Deutsch sprach, wunderte mich. Denn in ihren langen Uniformmänteln und mit ihren Pelzmützen auf dem Kopf hatte ich die Grenzsoldaten für Russen gehalten. So hatte ich sie mir immer vorgestellt.

Unseren Eltern war schnell klar, dass die rasante Fahrt über die Grenze etwas provokant gewirkt haben muss. Zügig erklärte meine Mutter deshalb dem

Offizier: „Wir wollen hierbleiben – in der DDR!" Danach wurden die Grenzer freundlicher.

Wir wurden alle in eine Baracke des Kontrollpunktes geführt. Der Raum war gut geheizt und es roch auffallend nach Malzkaffee, landläufig als „Muckefuck" bekannt.

Draußen ließ sich derweil ein in Zivil gekleideter Mann von Vater die Gangschaltung des DKW erklären. Dann fuhr er allein mit unserem Auto, mit all den Sachen drin, davon. Vater kam in die Baracke und blieb einen Moment stehen, bevor er sich zu Mutter setzte.

Sie hatte indes die Lütten mit ein paar Keksen versorgt, die zuvor einer der Grenzsoldaten gebracht hatte – zusammen mit einer Kanne Malzkaffee und einem Tablett voller Tassen.

In diesem Raum verbrachten wir Kinder eine lange Zeit, während unsere Eltern nebenan erst einzeln und dann nochmal zusammen von einem Grenzoffizier und einem Mann in Zivil ausgefragt wurden. Inzwischen war es draußen stockfinster geworden.

Dann wurden die Stimmen im Nachbarraum lauter. Es wurde auch mal gelacht.

Die Tür von draußen ging auf und ein kräftiger Mann in Zivil, bekleidet mit einer dicken schwarzen Lederjacke mit Pelzkragen, betrat die Baracke. Er blieb im Türrahmen stehen und sagte: „Es geht los! Alle mitkommen!".

Inzwischen waren unsere Eltern zurück. Und so folgten wir dem großen Mann nach draußen, wo ein Kleinbus der Marke „Robur" mit laufendem Motor stand. „Alles einsteigen!", hieß es und dann setzte sich der Bus in Bewegung.

Ich wurde müde vom gleichmäßigen Dröhnen des Motors und der angenehmen Wärme im Bus. Aber ich bekam noch mit, dass wir eine Allee entlangfuhren, deren Bäume am Stamm auf eineinhalb Meter Höhe weiß angestrichen waren.

Etwas gespenstisch wirkte es auf mich, wie das Licht der Scheinwerfer von den weiß getünchten Baumstämmen reflektiert wurde. Dann schlief ich ein und wachte erst wieder auf, als der Robur vor einer grün gestrichenen Holzbaracke hielt. Wir waren im Aufnahmeheim in Pritzier, einem kleinen Ort nahe der Kleinstadt Lübtheen im damaligen Kreis Hagenow angekommen.

3. Kapitel

Lebensläufe

Baulich hatte das mit Maschendraht eingezäunte Gelände des Aufnahmeheimes eher den Charakter eines Lagers. Es befanden sich dort drei bis vier Holzbaracken, zwei mehrstöckige Häuser und eine Mehrzweckhalle. Neben dem bewachten Eingangstor stand ein Betonneubau. Darin war die Verwaltung untergebracht.

Errichtet worden war es bereits Ende der 1950er Jahre, also vor dem Bau der Mauer. Einerseits diente es dazu, um zuvor geflohene DDR-Bürger als reumütige Rückkehrer wieder aufzunehmen. Andererseits eignete es sich dazu, Leute wie uns, die aus dem Westen stammten und freiwillig in die DDR umziehen wollten, erst einmal genau unter die Lupe zu nehmen.

Die Vermutung, dass das Ministerium für Staatssicherheit der DDR solche Lager nutzte, um eigene Agenten zurückzurufen und nach kurzen Instruktionen wieder gen Westen zu schicken, liegt nahe. Aber das zu beweisen, ist allenfalls eine Aufgabe für Historiker. Offiziell hieß die Einrichtung, so ist es heute nachzulesen: „Zentrales Aufnahmeheim des Ministeriums des Innern"[1] und wurde im Amtsgebrauch mit AH Pritzier abgekürzt.

Für die ersten Tage und Nächte wurde uns als Familie ein einziger großer Schlafraum zugeteilt. Darin spielte sich unser Leben ab. Denn die Baracke, an deren Giebelseite sich neben dem Haupteingang eine kleine Wachstube befand, die Tag und Nacht besetzt war, durften wir vorerst nicht verlassen. Als Neuangereiste standen wir unter „Quarantäne".

Eine durchaus übliche Praxis in Einrichtungen dieser Art. So werde vermieden, dass durch Neuankömmlinge mögliche ansteckende Krankheiten verbreitet würden, hieß es. Die Abgeschiedenheit diente jedoch auch dazu, die Neuen ausgiebig zu befragen, sie genau zu „durchleuchten", bevor Kontakt zu anderen Bewohnern entstehen konnte.

Die Verwaltung sorgte dafür, dass zumindest bei allen über 14 Jahren keine Langeweile aufkam.

Sie bekamen Stift und Papier in die Hand gedrückt mit der Aufforderung, so ausführlich wie möglich, den eigenen Lebenslauf aufzuschreiben.

Das geschah mal einzeln unter Aufsicht von Heimmitarbeitern in der Wachstube, ein anderes Mal allein in der Unterkunft. Die Lebensläufe wurden dann gleich mehrmals eingefordert. Von uns Kindern musste mein ältester Bruder Peter mit ran und seine eigenen bis dahin noch wenigen Lebensstationen aufschreiben.

Ein großer Teil der persönlichen Habe war ebenfalls der Heimleitung zu übergeben. Dazu zählten neben Ausweisen, Urkunden, Zeugnissen und anderen Dokumenten auch Fotosammlungen. Ob diese sortiert in Alben eingeklebt waren oder lose in Kartons lagen, spielte dabei keine Rolle. Klar war: Die Leitung des Aufnahmeheimes wollte einen genauen Einblick in das Leben derer haben, die vorhatten, ihre neuen Mitbürger zu werden.

Die Lebensläufe wurden dann vermutlich von den „Experten" der Heimleitung nach Abweichungen zwischen den verschiedenen Fassungen oder inhaltlichen Differenzen unter Familienmitgliedern untersucht.

Das war nicht alles. Mit „persönlichen" Gesprächen wurde das Prozedere fortgesetzt. Gab es Abweichungen in den Lebensläufen, wurden diese angesprochen. Dazu hatten sich die Verfasser dann zu rechtfertigen.

Das offen zur Schau gestellte Misstrauen der Heimleitung kratzte an den Nerven so mancher Einreisewilliger. Das war bei unseren Eltern nicht anders. So erinnere ich mich, wie Vater eines Tages einen Schwächeanfall erlitt und ärztlich behandelt wurde. Zu bewundern war in dieser Zeit unsere Mutter. Hatte sie doch mit ihrem Nierenleiden damals ohnehin genug Probleme. Dagegen bekam sie vom Arzt des Heimes Tabletten, die das Leiden zumindest abzumildern schienen.

Drei Tage nach unserer Ankunft aber wurde die erzwungene Enge etwas gelockert. Wir Kinder konnten die Schule besuchen, die in der Nachbarbaracke eingerichtet war. Und frei bewegen innerhalb der Einzäunung des Heimgeländes durften wir alle uns tagsüber nun auch. Nur schlafen mussten wir weiter in der Quarantäne-Baracke. Dafür bekamen wir einen Raum dazu. Und unsere Mahlzeiten – denn es gab für alle kostenlose Vollverpflegung – nahmen wir jetzt wie andere Heimbewohner im großen Speisesaal des Kulturhauses ein.

Die neuen kleinen Freiheiten verbesserten die Gemüts- und Stimmungslage bei unseren Eltern. Sie kehrten dann abends mal in die Gaststätte ein, die sich auf dem Heimgelände befand. Dort lernten sie andere Bewohner des Aufnahmeheimes kennen.

Für uns vier älteren Kinder kam mit dem Schulalltag etwas Abwechslung hinzu, obgleich es keine Schule war, wie wir sie bisher kannten. Denn es gab in der Baracke nur einen Klassenraum und nur einen Lehrer für alle. Der hatte dann die nicht leichte Aufgabe, Kinder unterschiedlichen Alters zu unterrichten. Was ihm jedoch sehr gut gelang.

Er las uns Geschichten vor oder unternahm mit uns ausgedehnte Ausflüge in die nähere Umgebung. Bei Erkundungen in der Natur konnte er die Fauna und Flora verständlich für alle erklären. Bei etwas längeren Ausflügen kam gelegentlich auch der Robur-Bus vom ersten Tag zum Einsatz.

Da durften zur Verstärkung der Aufsicht Elternteile mitreisen. Eine solche Tour führte uns nach Schwerin, damals Bezirkshauptstadt und heute Landeshauptstadt von Mecklenburg-Vorpommern.

Wir erlebten die Sieben-Seen-Stadt bei schönstem Frühlingswetter und erkundeten außer dem Stadtzentrum mit seinem sehenswerten Schloss den kleinen Zoo im Ortsteil Zippendorf. Dorthin fuhren wir vom Zentrum mit einer etwas altertümlich anmutenden Straßenbahn. Die Wagen waren noch verstaubter und älter als jene, die ich aus Bremerhaven kannte.

Gut zwei Wochen nach unserer Ankunft in Pritzier hatten wir uns an das neue Leben dort ein bisschen gewöhnt. Wir Kinder hatten Spaß am Unterricht in der Einklassenschule und unsere Eltern lernten abends in der Lagerkantine weitere flüchtige Bekannte kennen. Unter diesen waren Typen, denen man sonst lieber aus dem Weg ging.

Einige von ihnen prahlten sogar öffentlich mit ihrer kriminellen Vergangenheit. Sie gaben sich selbst Namen wie „Diamanten-Joe" oder „Ketten-Billy". Entweder waren es tatsächlich hartgesottene Kriminelle, die in Westdeutschland auf der Fahndungsliste standen und in der DDR untertauchen wollten. Oder es handelte sich um Spitzel der Stasi, deren Aufgabe es war, andere Bewohner mit ihrem Getöne zu beeindrucken und nebenbei auszuhorchen.

4. Kapitel

Das Prinzip Stuyvesant

Nach außen demonstrierte die Heimleitung, die dem DDR-Innenministerium direkt unterstand, dass kein Interesse daran bestand, Leute mit dubioser Vergangenheit im Arbeiter- und Bauernstaat aufzunehmen. Ganz nach dem Credo: Wer zu unserer sozialistischen Gesellschaft gehören darf, das bestimmen wir. Und wenn es so ist, dass jemand nicht zu uns passt, dann wird er zurückgeschickt in den Westen. Eine komfortable Situation im Vergleich zu Aufnahmestellen für Flüchtlinge in der Bundesrepublik. Dort wurde jeder, der aus dem Osten kam, aufgenommen.

Für das Zurücksenden der Ankömmlinge aus dem Westen, die nicht für würdig befunden wurden, in der DDR leben zu dürfen, gab es im AH Pritzier ein Prozedere, das zumindest in der Zeit unseres Aufenthaltes stets nach demselben Muster ablief. Über Lautsprecher ertönte zumeist vormittags die Durchsage. „Familie ‚xy' wird gebeten, sich im Warteraum der Verwaltung zu melden."

Danach dauerte es keine zwei Stunden und der Robur fuhr am Verwaltungsgebäude vor und wenig später mit den zuvor ausgerufenen Leuten zum Haupttor wieder hinaus.

Dem Prozedere gaben die Bewohner mit vorgehaltener Hand und manchmal mit einem leisen Unterton der Schadenfreude den Namen „Stuyvesant". In Anlehnung an den Werbespruch der weltbekannten Zigarettenmarke erlebten diejenigen, die man zurückschickte, wieder den „Duft der großen weiten Welt". Auf diese Weise verließen auch Leute wie „Diamanten-Joe" und „Ketten-Billy" eines Tages das Aufnahmelager wieder in Richtung Westen. Allerdings wurden sie dann mit ihren bürgerlichen Namen, die mir längst entfallen sind, ausgerufen.

Da das erklärte Ziel der zeitweiligen Bewohner der Einrichtung die Zuweisung eines Wohnortes in der DDR war, wünschte sich niemand, in den

„Warteraum der Verwaltung" gebeten zu werden.

Heimbewohner, die ihre Papiere für ein Leben in der DDR erhielten, wurden in der Regel nicht öffentlich ausgerufen. Da lief der Abschied ruhiger ab.

Als jedoch eines Vormittags eine Familie aufgerufen wurde, die wir kannten und die von allen gemocht wurde, dachten wir, uns verhört zu haben. Denn diese Leute, das wusste fast jeder innerhalb des Zaunes, stand kurz davor, eine Wohnung im Süden zugewiesen zu bekommen.

Das Ehepaar, das vier kleine Kinder hatte, stammte aus dem Ruhrpott und wollte gern in einer Gegend der DDR mit Bergbautradition neu Fuß fassen. Der Familienvater hatte in seinem Heimatort in einem Bergbaubetrieb gearbeitet und war nach Zechenschließungen arbeitslos geworden. Er hoffte auf einen erfolgreichen Neuanfang mit seiner Familie im Osten. In den letzten Gesprächen mit der Heimleitung sei es um kleine Formalitäten gegangen, hatten unsere Eltern in Erfahrung gebracht.

Doch nun stand diese Familie schon eine Stunde nach dem Ausrufen mit Gepäck vor dem Verwaltungsblock und wartete auf den Robur-Bus. Mutter wäre am liebsten zu ihnen gegangen und hätte nachgefragt. Aber das hatte sie sich dann doch nicht getraut.

Später erfuhren unsere Eltern Näheres direkt von einem Mitarbeiter der Heimleitung (oder der Stasi), dem sie heimlich den Spitznamen „Klein-Hermann" gegeben hatten und mit dem sie gelegentlich abends in der Kantine zusammen Schnaps tranken. Er erzählte ihnen, warum die Familie aus dem Ruhrpott wieder zurückgeschickt wurde.

Danach soll der Bergarbeiter mit seiner Frau und den vier Kindern tatsächlich kurz davor gewesen sein, an die nächste Station, in einem der südlichen DDR-Bezirke, weitergeschickt zu werden. Als man in der Heimverwaltung die persönlichen Sachen der Leute für die Rückgabe zurechtlegte, sei aus einem Fotoalbum ein Bild herausgefallen. Es zeigte den Bergarbeiter in der Uniform der „Légion étrangère", der aus DDR-Sicht

„berüchtigten" französischen Fremdenlegion. Doch dieses Kapitel seines Lebens hatte der Mann im Lebenslauf verschwiegen.

„Wir haben etwas gegen Unaufrichtigkeit" hatte Klein-Hermann gegenüber meinen Eltern die Entscheidung begründet, die Familie aus dem Ruhrpott nicht aufzunehmen. Warum war er so offen zu meinen Eltern? Als Warnung? Oder wollte er ihnen damit erklären, dass die DDR es gar nicht nötig hatte, jeden willkommen zu heißen, der ins Land wollte?

Der Alltag, an den wir uns gewöhnt hatten, die kleine Portion Vertrautheit, die sich zwischen Mitarbeitern der Heimleitung und unseren Eltern entwickelte, sowie die Tatsache, dass es bei den Lautsprecherdurchsagen immer die anderen erwischte – all das hatte uns locker gemacht. Teilweise schon selbstbewusst und sicher. Zu sicher!

Denn an einem Vormittag Ende April wurden wir per Lautsprecher aufgerufen. „Familie Barkhorn wird gebeten, sich im Warteraum der Verwaltung zu melden."

Das war doch unser Name? Das musste ein Scherz sein! Die Eltern aber blieben auffällig gelassen. Sie gingen ohne Hektik in das Gebäude, während wir Kinder draußen, vor dem Verwaltungsblock warteten. Wer weiß, vielleicht ging es ja doch um die Einreise. Durften wir jetzt nach Jena?

Die Universitätsstadt in Thüringen hatten meine Eltern damals als ersten Wunschort für eine Ansiedelung angegeben. Mutters jüngste Schwester Annemarie lebte dort mit ihrem Mann. Deren Hochzeit bei unserer Großtante Minna in der Prignitz, einige Jahre zuvor, hatten wir als „Westbesuch" mitfeiern dürfen.

Ich weiß nicht mehr, wie lange wir auf die Eltern gewartet hatten. Aber ich erinnere mich noch daran, dass Vater, als sie wieder rausgekommen waren, zu uns sagte: „Wir packen! In zwei Stunden fährt der Bus!" Das bedeutete, alles das, was wir an persönlichen Sachen hatten, in kürzester Zeit wieder im DKW zu verstauen. Den hatte uns schon jemand vor die Baracke gefahren.

Doch für mich fühlte sich das alles nicht echt an. Es kam mir vor, als würden wie in einem alten Film unscharf geratene Bilder etwas zu schnell an meinen Augen vorbeiziehen. Meine Geschwister und ich waren ratlos und ein bisschen traurig. Denn uns hatte es dort gar nicht so schlecht gefallen, obwohl wir vom Rest der DDR gar nichts gesehen hatten.

Aber Kinder sind eben schnell von etwas Neuem zu begeistern, und ich sowieso. Der Unterricht in der Einklassenschule, die Wandertouren in die Natur, die Tagesausflüge, das Spielen mit Kindern anderer Bewohner auf dem Spielplatz, das Essen im Speisesaal, das Kino – das alles war nun vorbei? Was sollte aus uns werden? Konnten wir einfach so zurück? Würde man uns im Westen überhaupt wieder aufnehmen? Fragen, die mich als Elfjährigen schon beschäftigten. Unsere Eltern hingegen blickten nicht so traurig drein, sie wirkten eher konzentriert und sie lächelten sogar.

Erst viel später erfuhren wir Kinder, dass man ihnen schon einen Tag zuvor eröffnet hatte, dass wir „dieses Mal noch nicht" in der DDR bleiben könnten.

Als wir vormittags fürs ganze Lager hörbar ausgerufen wurden, hatten die beiden schon längst stundenlange Gespräche mit den Verantwortlichen des Heimes über die Gründe, warum wir zurückmussten und über Möglichkeiten einer späteren Wiederkehr hinter sich. Am frühen Nachmittag, als wir in den Bus stiegen, sagte meine Mutter zu uns: „Wir müssen zu Hause noch ein paar Dinge in Ordnung bringen und wenn wir es dann immer noch wollen, können wir gern wiederkommen. Das haben sie uns zugesagt."

Der Robur brachte uns von Pritzier wieder zurück an die Grenze bis nach Horst. Ein Mitarbeiter der Verwaltung, offenbar ein Stasimann mit höheren Befugnissen, ließ sich von einem Uniformierten in unserem Auto bis zum Grenzübergang fahren. Er empfing uns vor dem ersten Schlagbaum am Kontrollpunkt Horst. Dort übergab er

Vater den Kombi, sprach dann mit einem Grenzoffizier und überreichte diesem ein Dokument.

Der Offizier salutierte und wenig später öffneten sich sämtliche Schlagbäume für uns. Wieder zu acht und mit unserem Gepäck im Auto eingequetscht, setzten wir uns in Bewegung und fuhren dieses Mal langsamer, als wir gekommen waren, zurück in den Westen.

5. Kapitel

Befristete Heimkehr

Am Grenzkontrollpunkt in Lauenburg, auf westlicher Seite, hätte es jetzt durchaus nochmal kompliziert werden können. Denn meine Mutter hatte ihren Personalausweis auch zwischen unseren Sachen nicht wiedergefunden. Und dann war da noch drei Wochen zuvor das fluchtartige Verlassen der Bundesrepublik. Das war mindestens ein sattes Bußgeld wert. Wir hatten uns auf einiges gefasst zu machen.

Aber die Beamten von Zoll und Bundesgrenzschutz, die vermutlich nicht zur selben Schicht gehörten wie bei der Hinfahrt, interessierten sich kaum für uns. Nachdem Vater den Kombi langsam an den Kontrollpunkt gefahren hatte, kam ein Beamter von der Seite dicht an den Wagen. Nach einem flüchtigen Blick auf uns gab er seinem Kollegen im Wachhäuschen ein Zeichen. Der Schlagbaum öffnete sich und der freundliche Beamte wünschte uns „Gute Weiterfahrt!"

Das war alles! Ohne die befürchteten Scherereien waren wieder zurück in der alten Heimat, der Bundesrepublik Deutschland.

Nach dem für uns unerwartet leichten Grenzübertritt wich die zuvor angespannte Stimmung allgemeiner Lockerheit. Kurz hinter Lauenburg steuerte Vater erstmal einen Rastplatz an. Die Pause nutzten unsere Eltern, um uns zu erklären, was in Pritzier vorgefallen war und warum wir die DDR wieder verlassen mussten.

Wir Kinder erfuhren, dass sich die Angestellten des DDR-Ministeriums daran gestört hatten, wie überhastet wir gen Osten aufgebrochen waren. Ohne uns vorher bei den Behörden im Westen offiziell abzumelden. Ebenso wenig gefiel es ihnen, dass unsere Eltern durch die Gaststätte Schulden bei der Brauerei und Lieferanten hatten. Auch bei der Bank und dem Finanzamt waren noch Rechnungen offen.

Das alles sollten sie vor einem erneuten Umzug klären. Außerdem besaßen wir ein Mehrfamilienhaus in Langen, einem

Nachbarort von Bremerhaven. In dem großen Haus an der Bundesstraße hatten wir selbst vor unserem Umzug in die Weserstadt einige Jahre gewohnt.

Ein Verkauf des Hauses, so rechneten uns unsere Eltern vor, würde es ermöglichen, alle bestehenden Schulden abzulösen. Ein bisschen Startgeld für einen Neuanfang bliebe sogar noch übrig. Mit dem alten Leben im Westen sollte ein klarer Schnitt gemacht werden, ohne ungelöste Probleme zu hinterlassen. Das war die Forderung der Verantwortlichen im AH Pritzier an unsere Eltern. Die DDR-Innenbehörde wollte eines um jeden Preis vermeiden. Ankömmlinge aus dem Westen sollten nicht plötzlich von ungeklärten Problemen eingeholt und somit zum Sicherheitsrisiko werden.

Zum anderen war ein glatter Schnitt bei solch einer Umstellung der Lebensverhältnisse psychologisch wichtig. Nur so ließ sich in der neuen Heimat mental überhaupt Fuß fassen. Wenn die Neubürger dann ein paar tausend Westmark mitbrachten, war das umso besser. Denn die mitgebrachte Barschaft der Einreisenden wurde spätestens beim offiziellen Einzug in den Arbeiter- und Bauernstaat in vollständiger Höhe zum Umrechnungskurs 1:1 gegen DDR-Mark gewechselt. Ein lohnendes Devisengeschäft!

Ob ein Neuanfang für unsere Familie in der DDR überhaupt stattfinden würde, wollten die Eltern in den Tagen nach der Rückkehr durchdenken und dann entscheiden. Soweit waren wir Kinder im Bilde. Einbezogen in diese Erklärungen wurden alle, inklusive der Lütten, auch wenn sie nicht genau verstanden, worum es wirklich ging.

Zum Anfang blieb aber ein Problem: Was sollten wir Freunden, Mitschülern, Nachbarn und Bekannten erzählen, was die vergangenen drei Wochen betraf? Jedem wahrheitsgemäß zu berichten, dass wir Hals über Kopf in den Osten aufgebrochen waren, um für immer in der DDR zu bleiben, die da drüben uns aber gar nicht haben wollten, hielt Vater nicht für klug.

Wahrscheinlich hätte uns niemand die Wahrheit geglaubt. Es musste eine

Erklärung her, die plausibel war, die in die Zeit passte und die uns sofort jeder abnahm.

Darum erfand Vater folgende Notlüge: „Wir waren auf dem Weg nach Westberlin, wollten uns aber ein paar Kilometer abseits der Transitstrecke mit Verwandten treffen. Dabei wurden wir von der Volkspolizei erwischt. Um herauszubekommen, ob wir Agenten sind oder wirklich nur Verwandte treffen wollten, hat man uns drei Wochen festgehalten und uns dann als unschuldig wieder fahren lassen."

An dieser Räuberpistole war zwar kein Funken Wahrheit, aber genau diese Geschichte wurde uns im Westen sofort abgenommen. Wir hatten nur Glück, dass unser „Fall" nicht in einer Redaktionsstube gelandet ist. Mitten im Kalten Krieg, in dem sich an der Medienfront damals beide Seiten nichts schenkten, hätte die Schlagzeile „Ostzone interniert Westfamilie" bestimmt Quote gemacht. Aber wir drängten unsere erfundene Geschichte auch niemandem auf. Wir erzählten sie nur, wenn uns jemand danach fragte, wo wir die letzten Wochen abgeblieben seien.

Nach ein paar Tagen war die zeitweilige Abwesenheit kein Thema mehr. Und unsere Großeltern oder andere Verwandte hätten sie ohnehin nicht geglaubt. Ihnen gegenüber musste schon die ganze Wahrheit auf den Tisch gelegt werden. Das hatten sich unsere Eltern vorgenommen. Deshalb endete die Rückkehr aus dem Osten erst einmal in Weddewarden. Mir schossen schon die Tränen in die Augen, als das Haus unserer Großeltern noch gar nicht in Sicht war.

Bei Oma und Opa überwog erst einmal die Freude, uns alle wiederzusehen. Den Augenblick genossen wir, bis sich die Erwachsenen zurückzogen, um offen miteinander zu reden. Da flogen dann die Fetzen. Völlig zu Recht mussten sich unsere Eltern den Vorwurf gefallen lassen, dass der überstürzte Aufbruch in den Osten eine Schnapsidee gewesen und es nicht fair war, den Großeltern auf solch krasse Weise ohne Vorwarnung die Enkel zu entziehen.

Die Eltern erzählten ihnen von unserem Aufenthalt in Pritzier und dem Gedanken, doch eines Tages offiziell in die DDR überzusiedeln. Davon hielten meine Großeltern zwar nichts und unser Onkel erklärte Mutter und Vater verbal für verrückt. Aber es war zumindest schon mal ausgesprochen.

Ein wichtiges Argument unserer Eltern lautete, dass es im Osten kinderfreundlicher zuging und kinderreiche Familien wie wir, sozial besser abgesichert seien als in der Bundesrepublik. Damit lagen sie zumindest in dieser Zeit nicht falsch. Das einzige Gegenargument, dass man ihnen vorhielt, war: „Was wollt Ihr denn? Für Eure sechs Kinder bekommt Ihr doch Kindergeld!" Damit waren Vater und Mutter jedoch kaum zu beeindrucken. Wenige Tage nach unserer Heimkehr fassten sie den Entschluss, den Umzug in die DDR vorzubereiten – nicht im Verborgenen, sondern ganz offiziell.

Die ersten Außenstehenden, die sie über das Vorhaben in Kenntnis setzten, war ein befreundetes Ehepaar. Es lebte in

Neuenwalde, nur ein paar Kilometer von Bremerhaven entfernt. Ihnen schenkten wir später einen großen Teil unserer Möbel. Die konnten sie nach dem Wegzug übernehmen. Leider ging der Kontakt zu diesen Freunden später völlig verloren.

Der Verkauf unseres Hauses an der Bundesstraße zwischen Bremerhaven und Cuxhaven ging, verglichen mit heutigen Maßstäben, relativ schnell über die Bühne. Abgewickelt wurde das Geschäft mit Hilfe eines Maklers, den unsere Eltern kannten und der ihnen die Kaufsumme vorstreckte.

Rasch präsentierte er einen solventen Käufer. Für spätere Schritte, wie sie ein Hausverkauf erfordert und die Zeit kosten, war ein Bruder meines Vaters von den Eltern mit allen Vollmachten ausgestattet worden. Kein Notar oder Grundbuchamt sollte sie durch zögerliches Handeln bei ihrem Vorhaben stoppen.

Nach Abzug der größeren Verbindlichkeiten und kleineren Schulden, blieb vom Hausverkauf ein für damalige Verhältnisse erquickliches

Sümmchen übrig. Ich hatte in dieser Zeit eine Summe von 8000 D-Mark aufgeschnappt, die uns als Startkapital zur Verfügung gestanden haben soll. Das war damals viel Geld.

Aber später erzählte mir Mutter, dass es doch wesentlich mehr gewesen sei. Denn ein Teil des Geldes blieb bei einer Bank in Bremerhaven deponiert. Auch dafür bekam der Onkel eine Vollmacht. Von dem Konto sollte er uns später technische Geräte wie Fernseher, Waschmaschine, Werkzeuge, Ersatzteile fürs Auto und anderes in den Osten nachsenden. So war es ausgemacht. Die Möglichkeit, diese Sachen nachschicken zu lassen, wurde den Informationen aus Pritzier zufolge DDR-Neubürgern ausdrücklich eingeräumt. Die 8000 Mark, die als Summe bei uns Kindern kursierten, war der Betrag, den wir bei uns hatten, kurz bevor wir das Aufnahmeheim Pritzier zum zweiten Mal, dann aber innerhalb der DDR, verließen.

6. Kapitel

Rückkehr ins Neuland

Dass wir bald in den Osten umziehen würden, erzählte ich meinen Mitschülern aus der sechsten Klasse. Für diese Ankündigung erntete ich aber höchstens Hohn und Spott und stets ein leichtes Tippen mit dem Finger an die Stirn.

Denn so viel wussten meine Klassenkameraden von dem, was man so aufschnappte und was dem allgemein verbreiteten Bild entsprach, das man von der „Ostzone" hatte: Etwas Gutes dürfte man von dort, wo man eine Mauer mitten durch eine Stadt gebaut hat und wo an der Grenze auf die eigenen Leute geschossen wird, nicht erwarten. Umsonst würden nicht so viele von dort flüchten.

Verständnis von Anderen hatte ich für das Vorhaben unserer Eltern, was ich selbst nach dem ersten Aufenthalt in Pritzier gar nicht ablehnte, nicht zu erwarten. Auf den behördlichen Wegen, die den Umzug betrafen, ging es mittlerweile voran. Sogar an der Schule galten wir vier Ältesten dann als ordnungsgemäß abgemeldet. Auch die Zeugnishefte wurden uns ausgehändigt - mit dem offiziellen Vermerk: „Umzug in die DDR". Für damalige Verhältnisse war dies beachtlich und keineswegs selbstverständlich. Denn der Begriff „DDR" wurde in jenen Jahren im offiziellen westdeutschen Sprachgebrauch noch strikt vermieden.

Mitte der zweiten Maidekade 1967 waren alle Vorbereitungen unserer erneuten Abreise in den Osten abgeschlossen. Dieses Mal aber verabschiedeten wir uns, wie es sich gehört, von unseren Großeltern. Wäre es nicht so gekommen, hätten wir Kinder wohl auch heftig protestiert. Beim Abschied flossen dann reichlich Tränen. Denn dass wir nicht noch einmal zurückkehren, wurde nun auch unseren Großeltern klar.

Die Eltern versprachen, dass sie, wenn wir erstmal im Osten angekommen seien und dort Fuß gefasst hätten, so schnell wie möglich eine Besuchsgenehmigung für Oma und Opa beantragen würden. Das Versprechen wurde von ihnen gehalten.

Wir fuhren zwar wieder mit unserem DKW-Kombi gen Osten. Aber den hatte Vater vorher gründlich gecheckt, ein paar kleine Ersatzteile eingepackt und unser Gepäck war besser verstaut. Außerdem hatte meine Mutter zuvor einen neuen Personalausweis anfertigen lassen. Schwierigkeiten beim Grenzübertritt sollte es somit nicht mehr geben.

Für den geordneten Umzug sprach auch das Abendessen. Dazu kehrten wir gemeinsam in ein vornehmes Restaurant in der Lüneburger Heide ein. Trotzdem war unseren Eltern in diesem Moment auch bewusst, dass dieser Tag etwas Endgültiges bedeutete. Und Vater wusste, dass er seine Heimat für lange Zeit hinter sich lassen würde. An diesem Abend ließ er sich die Traurigkeit nicht anmerken. Aber das bedeutete nicht, dass Vater kein Heimweh kannte. Im Gegenteil! Seine Heimatstadt Bremerhaven und das Dorf hinterm Deich, all das, was er erst 20 Jahre später wiedersehen sollte, vergaß er nie. Heimweh nach seinen Eltern und Brüdern, der Nordsee und der Landschaft am Deich plagten ihn oft genug. Aber an jenem Abend im Mai dominierte die Erwartung einer neuen, unbekannten Zukunft.

Wie beim ersten Mal tankte Vater unseren DKW wieder kurz vor der Grenze voll bis an den Rand. Der Preis für den Liter Benzin war inzwischen auf 55 Pfennig gestiegen!

Wir kamen erst im Dunkeln am Grenzkontrollpunkt Lauenburg an. Die Lütten schliefen. Ohne nochmal Probleme befürchten zu müssen, hätten wir uns jetzt mit offiziellen Dokumenten als Umzügler in den Osten ausweisen können. Aber nicht nur wir Kinder, sondern vor allem unsere Eltern hatten in den vorangegangenen Wochen wegen dieser Pläne genug Sprüche anhören müssen. Deshalb sagte Vater auch dieses Mal: „Wir wollen nach Berlin".

Er reichte dem Beamten die Ausweise hin. Der aber warf nicht mal einen Blick in die Dokumente, wünschte uns freundlich eine gute Fahrt und ließ den Schlagbaum öffnen. So einfach kann es gehen, freuten wir uns.

Die großen Fahnen an der rechten Straßenseite am Grenzübergang Horst waren schon von weitem zu sehen. Sie wurden mit Scheinwerfern angeleuchtet. Langsam fuhren wir an den ersten Grenzposten heran, der keine Pelzmütze mehr, sondern eine Schirmmütze mit grünem Rand trug. Vater kurbelte die Scheibe der Fahrertür herunter.

Aber schon mit dem ersten Satz, den er dem DDR-Grenzer froh gelaunt zuwarf, sorgte er für ein großes Missverständnis, das uns an diesem Abend eine Menge Zeit kostete. Anstatt wie beim ersten Mal deutlich zu erklären, dass wir beabsichtigen, in der DDR zu bleiben, rief er: „Guten Abend, wir wollen nach Pritzier!".

Das war zwar geografisch nicht unkorrekt, wurde aber von dem Mann in Uniform völlig falsch verstanden. Denn er schloss erst einmal daraus, dass wir Verwandte aus dem Westen seien, die vorhatten, jemanden in Pritzier zu besuchen. Das aber war aus Sicht des Grenzers ein völlig anderer Vorgang.

Transitreisende zwischen der BRD und Westberlin durften nach Vorlage ihrer Ausweise und Fahrzeugpapiere die dafür vorgesehenen Fernstraßen innerhalb der DDR benutzen und die jeweiligen Grenzübergänge passieren. Aber Personen aus dem Westen, die als Besucher zu Verwandten in die DDR reisen wollten, benötigten dafür eine formelle Aufenthaltsgenehmigung.

Dieses Dokument war Wochen vorher von den Gastgebern bei der Volkspolizei zu beantragen und bei positivem Bescheid an den Besucher in den Westen zu versenden. Genau solch ein Dokument wollte der Grenzer von unseren Eltern für den Bestimmungsort Pritzier sehen. Diese Genehmigung jedoch konnte keiner von uns vorweisen, weil es sie nicht gab.

Der Uniformierte und mein Vater redeten – das war offensichtlich – aneinander vorbei. Deshalb wurden wir nun etwas unfreundlich aufgefordert, das Fahrzeug abzustellen und zu verlassen. Das betraf alle, auch Jörg und Sigrid, die beide im Auto fest schliefen. Wir fanden uns in dem Raum wieder, in dem wir

Wochen zuvor schon einmal gewartet hatten. Es roch erneut nach Malzkaffee. Nur geheizt war der Raum nicht.

Die Eltern kramten nebenan im Dienstzimmer der Grenzer sämtliche Papiere von Westbehörden hervor, worin die Abmeldung „wegen Umzugs in die DDR" vermerkt war. Erst da ging denen ein Licht auf. „Ach Sie möchten ins Aufnahmeheim Pritzier, weil Sie in der DDR bleiben wollen? Warum haben Sie das nicht gleich gesagt?".

Die Auflösung dieses Missverständnisses änderte nichts daran, dass wir noch weitere Stunden zu warten hatten. Der Offizier vom Dienst versuchte erst jetzt, jemanden in Pritzier zu erreichen. Das dauerte einige Zeit.

Als endlich zwei Stunden später der uns bekannte Kleinbus vor der Tür hielt und der Stasimann, den meine Eltern aus Pritzier kannten, zusammen mit dem Busfahrer in der Tür stand und uns angrinste, war es tiefe Nacht und ich todmüde. Dieses Mal durften unser Vater und mein Bruder Peter im DKW mit nach Pritzier fahren. Aber ans Steuer setzte sich

Klein-Hermann persönlich. Ich begab mich in den Bus, suchte mir einen bequemen Platz und schlief sofort ein.

Angekommen in Pritzier hielt der Bus wieder vor der Quarantäne-Baracke, wo in zwei Zimmern Licht brannte, die man schnell für uns hergerichtet hatte. „Das ist nur für kurze Zeit. Wenn in einem der Häuser etwas frei wird, zieht ihr da ein", versprach unser Begleiter, der offensichtlich davon angetan war, dass wir tatsächlich aus dem Westen zurückgekehrt waren.

7. Kapitel

Freundschaftsdienst

Wir fühlten uns gleich wie zu Hause auf dem Gelände des Aufnahmeheimes. Obwohl unter den aktuellen Bewohnern keine Bekannten mehr waren. Eine Quarantäne blieb uns dieses Mal erspart und den Lebenslauf musste auch keiner von uns aufschreiben. Zwei Tage nach unserer Ankunft zogen wir in eine möblierte Wohnung in eines der größeren Häuser um. Was mir dort sofort auffiel, war der penetrante Geruch von Bohnerwachs im Hausflur. Aber die Wohnung war für die Größe unserer Familie angemessen. Die Eltern hatten ihr eigenes Schlafzimmer und für uns Kinder gab es getrennte Schlafräume für uns Jungs und die Schwestern.

Die schnelle Rückkehr nach Pritzier verschaffte unseren Eltern einen gewissen Vertrauensbonus bei der Heimleitung. An fast jeder Tagestour, die der Lehrer organisierte, reiste ein Elternteil von uns mit.

Wir fuhren ins nahe Lübtheen in den Zirkus oder in die Kreisstadt Hagenow ins Heimatmuseum. Eine unserer längsten Touren führte uns an einem leider verregneten Tag an die Ostsee bis nach Wismar. Trotz des miesen Wetters gefiel mir die alte Hansestadt auf Anhieb. Ich mag das besondere Flair und die Menschen in dieser Stadt, auch heute noch.

Ich erinnere mich an den Besuch des Kaufhauses in der Wismarer Innenstadt. Von meinem Taschengeld kaufte ich mir ein Souvenir, einen kleinen Holzkutter. Dass dieses Haus, das damals staatlich geführt wurde, das Gründungshaus des großen Karstadtkonzerns gewesen war, erfuhr ich erst Jahrzehnte später.

Auf der Tour nach Wismar begleitete uns Vater. Der freute sich darüber, dass er am Alten Hafen frisch geräucherten Fisch bekam, den er so gern aß.

Vater lernte in der Zeit unseres Aufenthaltes in Pritzier ein kleines Stück DDR-Alltag kennen. Gelegentlich war er als Schlosser in einer Arbeitsbrigade außerhalb des Zaunes gefragt. Die Truppe aus dem Aufnahmeheim machte sich in einer landwirtschaftlichen Produktionsgenossen- schaft (LPG) nützlich.

Dabei traf Vater auf Einheimische und kam mit ihnen ins Gespräch. Enttäuscht erzählte er uns dann abends, dass die Einwohner ihn gefragt hätten, was er denn Schlimmes ausgefressen habe im Westen. Ansonsten würde wohl niemand von dort in der Zone untertauchen. Dass die DDR-Bürger selbst nichts von ihrem eigenen Staat hielten, wollte er damals nicht so recht wahrhaben.

Für freudige Überraschung sorgten eines Tages Verwandte aus der Nähe von Oranienburg. Sie waren die 200 Kilometer mit dem Motorroller vom Havelland bis nach Pritzier gekommen, um uns zu besuchen. Da mein Onkel selbst Berufssoldat bei den Grenztruppen war, gab es keine Probleme mit seinem Besuch. Niemand von den uniformierten Pförtnern am Tor drängte sie zum Gehen. Eigentlich war die Besuchszeit limitiert.

Aber die Großzügigkeit, mit der die Heimverwaltung unseren Eltern entgegenkam, hatte noch einen anderen Grund. Man brauchte sie für einen heiklen Freundschaftsdienst. Was man von ihnen erwartete, war nicht ungefährlich.

Dass sich die Eltern überhaupt darauf einließen, war ein Indiz dafür, dass sie diesen Leuten etwas leichtgläubig vertrauten. Der „Freundschaftsdienst", den man von ihnen erwartete, sollte deren Plan zufolge so ablaufen: Die Eltern sollten als Paar mit unserem Auto nach Westberlin fahren und dort für ihre Auftraggeber eine Einkaufsliste abarbeiten.

Genug Bargeld in harter Währung besaßen sie theoretisch. Der Umtausch unserer eigenen West-Barschaft in DDR-Mark war da noch nicht erfolgt, nur zum geringen Teil fürs Taschengeld.

Unser Westgeld lag „sicher verwahrt" im Panzerschrank der Verwaltung. Mutter erzählte mir Jahrzehnte später, dass man anfangs bei dem Deal mehr von ihnen verlangt hatte.

So bat man sie, in Westberlin einen Gebrauchtwagen zu kaufen und mit Überführungskennzeichen, nach Pritzier zu bringen. Darauf aber hatten sich beide nicht eingelassen. So weit ging die Sympathie meines Vaters für Klein-Hermann und Co dann auch nicht. Er wollte es Mutter nicht zumuten, bei dieser Mission allein mit einem der beiden Autos die Grenze zu passieren. Bei aller bekannten Nachlässigkeit der westlichen Grenzbeamten, ganz ohne war das Unterfangen nicht.

Dass unsere Eltern die Fahrt nach Westberlin nutzen könnten, um ihren Schritt rückgängig zu machen und hinter der Mauer zu bleiben, war bei dieser Aktion nicht zu befürchten. Wir sechs Kinder blieben als kostbarer Pfand hinter dem Maschendrahtzaun des Aufnahmeheimes zurück. Den wahren Zweck ihrer Autoreise in die geteilte Stadt erfuhren wir erst später von ihnen. Zunächst wurde uns erzählt, sie würden aus Berlin ein wichtiges Ersatzteil für unser Auto holen.

Früh am Morgen brachen sie auf. Da schliefen wir noch fest.

Nach Erzählung meiner Mutter erfüllten sie bei ihrer Berlintour auch einen anderen Wunsch ihrer Auftraggeber nicht. So sollten sie ein möglichst aktuelles Telefonbuch aus Westberlin mitbringen. Es wäre sicher nicht schwer gewesen, so etwas aus einer Telefonzelle mitgehen zu lassen oder aus einem Postamt mitzunehmen, wo man sie kostenlos in die Hand gedrückt bekam.

Aber diese Sache hätte ihr damals großes Unbehagen bereitet, erzählte Mutter. Auch war sie überzeugt, dass die Stasi, wenn sie solche Sachen wie kostenlose Telefonbücher bräuchte, diese durch eigene Leute leicht besorgen lassen könnte. Beide lehnten diesen Auftrag aber nicht offen ab, sie „vergaßen" dann halt nur, ihn auszuführen.

Auf der langen Wunschliste, nach der unsere Eltern in Westberlin ihren Einkauf erledigten, standen etliche Büroartikel wie mehrfarbige Kugelschreiber, Patronenfüllhalter mit Batterien an Patronen und Filzstifte.

Letztere waren damals relativ neu auf dem Markt und vor allem bei uns Kindern beliebt. Wir hatten uns vor unserer Abfahrt in Bremerhaven selbst damit eingedeckt. Auch ein Transistor-Kofferradio, ein Minischachbrett mit Magnethaftung und eine Packung TESA-Klebestreifen standen mit auf dem Wunschzettel. Das mit Abstand teuerste Einzelstück ihres Einkaufes aber war ein Kassettenrekorder. Technisch damals der allerneueste Schrei, kostete das Gerät der Marke Philips allein ein paar hundert D-Mark.

Von all den bestellten Westartikeln sahen wir Kinder nichts, denn gleich nach ihrer Rückkehr fuhren unsere Eltern direkt vor das Verwaltungsgebäude, wo das beladene Auto von einem Uniformierten übernommen wurde. Auf eine zweite Fahrt, die man offenbar schon für sie geplant hatte, ließen sie sich dann aber nicht mehr ein. Gehadert haben unsere Eltern mit diesem Freundschaftsdienst, den sie offensichtlich Mitarbeitern der Staatssicherheit leisteten, nie.

In dieser Hinsicht waren sie mit sich immer im Reinen. Uns Kinder haben sie dann ein paar Wochen später über den wahren Grund ihrer Berlinfahrt in Kenntnis gesetzt.

„Wer weiß, vielleicht haben wir damit ein wenig dem Fortschritt in der DDR mit auf die Beine geholfen", meinte Vater später mal zu mir mit etwas Selbstironie. Denn bunte „Faserstifte" gab es bald auch im Osten zu kaufen.

Ein Kofferradio, das drei Jahre später in der DDR unter dem Namen „Stern Party" verkauft wurde, soll der Beurteilung unseres Vaters nach, dem Gerät aus dem Berliner Einkauf zumindest optisch auffallend ähnlich gewesen sein. Die ersten brauchbaren Kassettenrekorder der DDR-Marke RFT kamen erst Anfang der 1970er in den Handel.

Vielleicht trifft die vage Vermutung unseres Vaters, dass die Westartikel als Vorlage für DDR-Kopien gedient haben könnten, auch gar nicht zu und die Herren im AH Pritzier wollten diese Sachen nur für sich selbst haben.

Kurz vor unserer endgültigen Abreise aus Pritzier durften meine Eltern übrigens noch einmal in „sicherer" Begleitung das

Gelände mit dem eigenen Pkw verlassen. Gemeinsam mit Klein-Hermann fuhren sie zurück zum Grenzübergang nach Horst. Dort befand sich ein sogenannter „Intershop". In diesem konnte man westliche Konsumartikel nur gegen harte Währung kaufen. Quasi als Gegenleistung für ihren Freundschaftsdienst durften unsere Eltern dort für einen Teil des eigenen Westgeldes einkaufen. Zigaretten, Kaffee, Seife, Jeanshosen und Nylonhemden, die damals in Mode kamen, packten sie mit ein.

Für unsere Eltern war es für lange Zeit die letzte Gelegenheit, selbst im Intershop einzukaufen. Denn zunächst waren diese Läden nur Personen vorbehalten, die sich als Bürger aus dem nichtsozialistischen Ausland, wozu man auch die BRD zählte, ausweisen konnten. Die Ausdehnung der Intershop-Läden auf die gesamte Republik, bis in die kleinsten Städte, erfolgte wesentlich später.

Dann durften dort auch DDR-Bürger einkaufen. Vorher benötigte man mindestens noch einen Westverwandten mit harter Währung in der Tasche.

Mitte der 1960er Jahre gab es die Intershops aber nur an Grenzübergängen und an wenigen Raststätten an den Transitstrecken. Als Vater und Mutter von dieser kurzen Tour an die Grenze zurückkehrten, mussten sie den DKW, in dem es nach Kaffee und Seife roch, auch nicht mehr abgeben. Für unsere Familie war die Entscheidung zur Aufnahme längst gefallen.

Allerdings wurde dem Wunsch unserer Eltern, in Jena leben zu können, nicht entsprochen. Das sei nicht möglich, hatte man ihnen kühl mitgeteilt. Aber da Mutter aus der Prignitz stammte und wir dort ebenfalls Verwandte hatten, konnten wir mit der „zweiten Wahl" auch ganz gut leben.

Orte wie Pritzwalk und Wittstock hatten auf der Wunschliste mit oben gestanden. Schade war nur, dass unsere Großeltern von dort, Mutters Eltern, beide nicht mehr lebten. Uns wurde mitgeteilt, dass die Frage des künftigen Wohnortes endgültig erst von der zuständigen Bezirksbehörde entschieden werde. Von der Verwaltung erhielten wir alle erforderlichen Dokumente für die Weiterreise. Unsere persönlichen Sachen und der Rest des Bargeldes wurden den Eltern ausgehändigt.

Allerdings sahen die Scheine, die mein Vater mit süffisantem Blick in den Händen hielt, etwas anders aus. Unser gesamtes restliches Barvermögen – und das waren dann die schon erwähnten rund 8000 D-Mark, wurden in DDR-Mark umgetauscht, zuzüglich der Summe, die unsere Eltern bei ihrer Berlintour in D-Mark „ausgelegt" hatten.

So verließen wir ohne Westgeld in den Taschen das kleine ländlich geprägte Kaff Pritzier. Unsere nächste Station war eine imposante und geschichtsträchtige Stadt, in der einst preußische Könige residierten. Und nach dem Ende des Zweiten Weltkrieges hatten sich dort die mächtigsten Herrscher der Welt getroffen, um das besiegte Deutsche Reich aufzuteilen. Unsere nächste Etappe war Potsdam, das in der DDR den Status einer Bezirksstadt hatte.

8. Kapitel

In der Preußen-Residenz

In der Rückbetrachtung der Geschehnisse von damals war jene Zeit, die wir in einer Stadtvilla im Norden von Potsdam verbrachten, einem Familienurlaub ähnlich.

Diese Stadt, mit ihrer grünen und wasserreichen Umgebung und den imposanten Parks und Gebäuden aus einer bewegten Geschichte lernten wir mitten zu Beginn eines wunderschönen Sommers kennen. Wir wohnten in einer Villa in der Alleestraße. Das als Pension für besondere Fälle genutzte Haus unterstand der Abteilung Inneres beim Rat des Bezirkes Potsdam. Heute gehört das Anwesen dem Landesverband Brandenburg der Partei „Die Linke" und ist landesweit unter dem Namen „Lothar-Bisky-Haus" bekannt. Wie schon zuvor in Pritzier wurden wir im Bezirksheim voll verpflegt.

Die Zeit in Potsdam nutzten wir für ausgedehnte Familienausflüge. Wir besichtigten die berühmten Schlösser im

Park von Sanssouci sowie das Schloss Cecilienhof im neuen Garten, nicht weit von unserem Quartier entfernt. Dort hatten die Vertreter der Siegermächte 1945 das Potsdamer Abkommen ausgehandelt.

Zum Baden fuhren wir entweder mit dem DKW auf der Landstraße oder mit der Weißen Flotte die Havel entlang bis zum Potsdamer Vorort Caputh. Und wenn wir Appetit auf leckeres Eis in der Waffel hatten, suchten wir das legendäre Café Heider, in Nähe des Nauener Tores, auf.

Das alles hätte für uns noch schöner sein können, wären da nicht ein paar leidige Pflichten gewesen.

Das Bezirksheim vermittelte Vater eine Arbeitsstelle als Haustechniker in einem Krankenhaus. Das befand sich allerdings am südlichen Rand von Potsdam, im Stadtteil Rehbrücke. Aber er beklagte sich nicht über die tägliche lange Anfahrt. Im Gegenteil, Vater war froh, etwas Sinnvolles zu tun und freute sich über kleine Erfolgserlebnisse im Job. Wenn es ihm im gelang, ohne neue Ersatzteile eine uralte Waschmaschine zu reparieren oder eine defekte Pumpe wieder zum Laufen zu bringen, erzählte er abends davon in aller Ausführlichkeit.

Aber auch um Peter, Amke, Monika und mich machte die Pflicht des Alltags keinen Bogen. Nach ein paar Tagen der Eingewöhnung in Potsdam mussten wir uns in der Schule einfinden. Schon das große mehrstöckige Gebäude mit dem riesigen Schulhof davor wirkte auf mich bedrückend.

Von der sechsten Klassenstufe, für die ich angemeldet wurde, gab es allein drei Klassen. Ich erwischte ausgerechnet eine, die auch am Nachmittag entweder Unterricht oder diverse Arbeitsgemeinschaften von den „jungen Sanitätern" über die „jungen Brandschutzhelfer" bis hin zum Feldhandball im Programm hatte.

Heute würde solch ein Angebot unter dem Begriff „Ganztagsschule" geführt werden. In meinem Fall war die Teilnahme nachmittags oft Pflicht. Das aber passte mir überhaupt nicht. Daraus machte ich keinen Hehl.

Ich hatte wenig Lust, den ganzen Tag in der Schule zu verbringen, weil ich fand, dass das nicht sein muss. Ich hielt mich für selbstständig genug, meinen Nachmittag allein oder zusammen mit meinen Geschwistern zu gestalten. Womöglich war die offene Ablehnung in dieser Sache die Ursache dafür, dass ich mich mit meinen neuen Mitschülern in Potsdam nie so recht anfreundete.

Der Unterricht bereitete mir soweit keine Schwierigkeiten. Wenn aber Russisch im Stundenplan stand, durfte ich mir das in Ruhe von der hinteren Bank aus ansehen und anhören, ohne mitzumachen.

Alles andere hätte bei dem Vorlauf, den meine Mitschüler seit Beginn der 5. Klasse in dieser Fremdsprache hatten, nichts gebracht. Dafür hatte ich im Westen schon zwei Schuljahre Englischunterricht hinter mir. Das Fach wurde in der DDR jedoch erst ab der siebten Klasse unterrichtet.

Die Schulzeit in Potsdam währte zum Glück nicht so lang. Anfang Juli starteten die Sommerferien – ganze acht Wochen!

Die ersten zehn Tage davon genossen wir in vollen Zügen. Unsere Eltern hatten in Nähe der Unterkunft eine Tanzbar entdeckt. Dort testeten sie ein paar Mal das Potsdamer Nachtleben.

Die interessanteste Neuanschaffung, von der wir alle später noch lange zehrten, fiel ebenfalls in die Potsdamer Zeit. Im staatlichen Konsument-Warenhaus in der Klement-Gottwald-Straße, dem Boulevard der Bezirksstadt, kauften wir uns ein Faltboot! Der Paddel-Zweisitzer war etwas über fünf Meter lang. Das Boot ließ sich innerhalb weniger Minuten aus den Teilen für das Holzgerüst und der Außenhaut zusammensetzen und ebenso schnell demontieren.

Der Kaufpreis für das nagelneue Boot betrug 583,60 DDR-Mark, aus heutiger Sicht ein wahres Schnäppchen. Die 60 Pfennig wurden uns erlassen, weil in der großen Tragetasche ein kleines Loch war. Das Boot war viele Jahre unser treuer Begleiter bei zahlreichen Bade- und Angelausflügen. Den Aufbau schafften Peter und ich zusammen, wenn wir schnell waren, unter zehn Minuten. Unser schönes Leben in der Bezirksstadt mit einem wesentlich besseren Angebot an Konsumgütern als in der Provinz zehrte jedoch beträchtlich an unserer Barschaft. Von den paar Mark Lohn, die Vater in seinem Technikerjob verdiente, wurden die Ausgaben nicht gedeckt. Es wurde Zeit, Potsdam zu verlassen.

Wenige Tage nach Ferienbeginn stand unser neuer Wohnort fest. Ein kleines Dorf in einer waldreichen Gegend, ein paar Kilometer von der Kreisstadt Wittstock entfernt, sollte unsere neue Heimat werden. Hinziehen konnten wir dort aber nicht sofort. Die Doppelhaushälfte, die man uns zugewiesen hatte, musste noch erst eingerichtet werden.

Mit der offiziellen Zuweisung in der Hand war unser Aufenthalt im Bezirksheim Potsdam beendet. Wir kamen bei Verwandten unter. Die Familie von Mutters zweitältestem Bruder nahm uns auf. Sie wohnte in Nähe des Dorfes, in der Kreisstadt Wittstock.

9. Kapitel

Am Rand der Welt

Etwa zehn Tage wohnten wir mit acht Personen bei unseren Verwandten in Wittstock. Sie verfügten zum Glück über eine halbwegs geräumige Wohnung und erwiesen sich als rührige Gastgeber.

Wir schliefen auf Sofas, Luftmatratzen, Campingliegen und alten Matratzen. Aber das störte niemand. Unsere Eltern revanchierten sich bei den Verwandten für die erwiesene Gastfreundschaft mit Kaffee, Westzigaretten und anderen begehrten Sachen aus dem Intershop. In dieser Zeit waren wir Kinder oft mit unseren Cousinen wieder. Drei Jahre zuvor bei der Hochzeit von Tante Annemarie hatten wir Kinder sie kennengelernt. Wir verstanden uns prächtig und unternahmen viel gemeinsam. So nahmen wir uns an einem heißen Sommertag vor, zum Baden an einen der Seen zu fahren. In der Region um Wittstock gibt es einige davon.

Der See, den die Cousinen für uns auserkoren hatten, lag etwa zehn

Kilometer vom Wittstocker Stadtkern entfernt. Den größeren Teil der Strecke wollten wir sechs Geschwister und unsere drei Cousinen mit dem Zug fahren.

Für die Rückfahrt würden mein Vater und unser Onkel mit ihren Autos zum See kommen, hatten wir ausgemacht. Am Bahnhof angekommen, erfuhren wir, dass der Zug schon weg war. Der nächste wäre erst zwei Stunden später abgefahren. Unser Vorhaben wurde trotzdem nicht aufgegeben. Wir begaben uns zu Fuß auf den langen Weg – bei 30 Grad Hitze!

Es wurde ein beschwerlicher Marsch. Schon nach den ersten Kilometern konnten die Lütten nicht mehr laufen. Also wurden sie von den Größeren an die Hand genommen, getragen oder auf der Schulter platziert. Unser Vorrat an Getränken nahm unterwegs rapide ab und war bald völlig aufgebraucht. Die Hitze machte uns allen arg zu schaffen.

Die erste „Erfrischung" verschafften wir uns an einem Wassertankwagen. Der war von den Landwirten auf einer Weide für das Vieh abgestellt worden. Peter schaffte es, das Ventil zu öffnen. Eine

Menge Wasser schoss aus dem Tank nach unten. Aber es war warm wie die Umgebung selbst und brachte keine Erfrischung. Trinken konnte man es ebenfalls nicht. Dafür hatten einige von uns jetzt nasse Füße. Immerhin!

Aber umkehren kam für uns nicht in Frage. Wir setzten die beschwerliche Wanderung fort, bis wir in ein kleines Dorf kamen. Dort hatte zu unserer Freude der Dorfladen, der „Konsum", geöffnet. Aber wir hatten uns zu früh gefreut, denn Limonade war „ausverkauft". Das einzige Getränk, welches der Konsum vorrätig hatte, war „Pritzwalker Hellbier", abgefüllt in kleinen braunen Glasflaschen. Heidi, unsere älteste Cousine war damals mit 17 Jahren schon alt genug, um Bier kaufen zu dürfen. Sie kaufte ein paar Flaschen.

Auf dem letzten Stück des Weges zum See, der zum Glück am Wald vorbeiführte und somit etwas Schatten spendete, legten wir eine „Trinkpause" ein. Jeder bekam von dem Bier ab, auch die Lütten. Aber nur ein kleines Schlückchen durften sie trinken. Die Badestelle am See erreichten wir dennoch unbeschadet. Das erfrischende Bad hatten wir uns redlich verdient. Zurück nach Wittstock ging es dann für uns alle bequemer im Auto.

Zwei Tage später lernten wir unser neues Zuhause kennen. Es lag in einem Dorf, etwa 15 Kilometer von der Kreisstadt entfernt.

Zum Einräumen und für den Zusammenbau der Möbel wurden viele Hände gebraucht. Da halfen wir älteren Geschwister dann schon einige Male mit. Die Nächte verbrachten wir vorerst weiter in Wittstock.

„Unser" Haus gehörte zu einer kleinen Siedlung, bestehend aus insgesamt elf Doppelhäusern. Neun davon bildeten einen Kreis, mit einem Rasen in der Mitte, von der Größe eines Fußballfeldes. Uns war die linke Hälfte eines der Häuser am oberen Teil der Siedlung zugewiesen worden. So alt waren die Gebäude damals nicht.

Das Besondere der Siedlung war ihre Nähe zur Natur. Keine zehn Meter von unserem Hof entfernt begann der Wald. Der wurde zwar ein paar Schritte weiter von einer holprigen Landstraße unterbrochen. Aber auf der anderen Seite war wieder Wald.

Unzählige Hektar Forst umgaben das Dorf. Mischwald war ebenso darunter wie Buchenhaine und riesige Flächen Nadelwald. Dicht bewachsene Schonungen mit kleineren Fichten oder Kiefern zählten ebenso dazu wie lichte Abschnitte mit großen Exemplaren an Nadelbäumen. Unsere Siedlung war offensichtlich mitten in eine Lichtung hineingebaut worden. Der Straßenname „Waldrandsiedlung" passte.

Solche großen Wälder kannten wir Flachländler aus unserer alten Heimat an der Nordsee bis dato nicht. Es war etwas Neues, von dem wir eine ganze Weile ein Stück weit beeindruckt waren. Aber das heißt nicht, dass wir in der Einöde nichts von unserem früheren Leben vermissten.

Nicht, dass ich mich nach dem lauten Quietschen der Straßenbahn sehnte, die in Bremerhaven-Lehe immer mit leichter Neigung um die Kurve gefahren kam. Aber wer aus einer lebendigen Stadt kommt, die dazu als Hafenstadt so etwas wie ein Tor zur Welt ist, und wo sich ankommende Schiffe laut ankündigen, wo Autolärm und Verkehrsstaus allgegenwärtig sind, den kann zu viel Ruhe auf Dauer stören. Auch wenn sie noch so grün daherkommt.

Auch im Vergleich zu anderen Orten im Osten, die ich inzwischen kennengelernt hatte, wie die Städte Potsdam oder Wittstock war unser Wohnort so etwas wie der „Arsch der Welt". Nachbarskinder, die dort schon länger lebten, hatten einen passenden Namen für unseren Häuserkreis – die „Weltrandsiedlung".

Wenigstens waren die Doppelhäuser solide gebaut und sogar unterkellert. Im Parterre hatten sie zwei Räume sowie Küche und Bad und dazu zwei kleinere Zimmer in der oberen Etage. Der Zeit entsprechend war es ein komfortabler und zweckmäßiger Wohnraum und für unsere Familie groß genug. Die Häuser gehörten zum Wohnungsbestand des Kreisbetriebes für Landtechnik (KfL), der sich gleich gegenüber der Siedlung auf der anderen Seite der Dorfstraße befand.

Hervorgegangen waren diese Betriebe aus den einstigen Maschinen- und Traktoren-Ausleihstationen (MTS).

Im Zuge der Kollektivierung der Landwirtschaft in der DDR, Anfang der 1960er Jahre, und dem damit verbundenen Ende der bäuerlichen Einzelwirtschaft waren die Technik-Leihstationen überflüssig geworden. Die Staatsgüter und LPG-en hatten eigene Traktoren und Landmaschinen.

Deren Wartung und Reparatur übernahm der KfL. Die Leute um uns herum sagten aber immer noch MTS, wenn sie von der Werkstatt im Dorf redeten. Dort sollte auch unser Vater Arbeit bekommen – als Schlosser. Mutter blieb anfangs zu Hause, zum einen wegen der kleinen Geschwister und zum anderen, weil es im Dorf für sie keine passende Arbeit gab. Außerdem hatte sie weiter ihre Nierenschmerzen.

Wir richteten uns im Haus, so gut es ging, ein. Zum Kauf von Möbeln erhielten wir einen zinslosen Kredit von fünftausend DDR-Mark. Dafür kauften die Eltern einen Teil der Einrichtung für die Küche, sowie Möbel für Wohnzimmer und Schlafzimmer und unsere Kinderzimmer im Obergeschoss. Dort gab es fortan ein Jungs- und ein Mädchenzimmer.

Komplett eingerichtet waren wir damit längst nicht, denn wir warteten auf die Geräte aus Bremerhaven, die uns per Bahntransport zugestellt werden sollten. Aber das dauerte.

Zwar hatten meine Eltern die Einfuhrgenehmigung zügig nach dem Einzug bei der zuständigen Behörde in Wittstock beantragt. Aber spätestens von da an lernten wir, was es bedeutete, wenn nach DDR-Redensart etwas seinen „sozialistischen Gang" ging. Dann brauchte man vor allem eines: Geduld und davon reichlich.

Die für uns weiterhin zuständige Innenbehörde in der Kreisstadt hatte wohl kaum die Kompetenz, allein über unseren Antrag zu entscheiden. Den leitete sie wahrscheinlich weiter an die Abteilung Inneres beim Rat des Bezirkes in Potsdam. Möglicherweise wurde über den Vorgang auch dort nicht allein entschieden. Das

DDR-Innenministerium, die Zollbehörde und das Ministerium für Staatssicherheit hatten sicher ein Wörtchen mitzureden.

Nicht etwa, weil wir so bedeutend gewesen wären. Es gehörte zum DDR-Alltag, dass scheinbar komplizierte Vorgänge nicht in der Provinz, sondern von den „Genossen ganz oben" gelenkt wurden.

Und weil das dauern konnte, mussten wir in unserem Walddorf eine ganze Weile ohne Fernsehgerät, Kühlschrank und Waschmaschine auskommen. Das Problem mit dem Kühlschrank wurde noch schnell für den Übergang im heißen Sommer gelöst. Der Onkel aus Wittstock besorgte uns ein gebrauchtes Gerät aus DDR-Produktion.

Die Wäsche wusch Mutter unter fleißiger Mitwirkung meiner Schwestern Amke und Monika lange Zeit mit der Hand in einem Waschbottich im Keller.

Dass zunächst kein Fernsehapparat in der Wohnung vorhanden war, störte nur wenig. Fernsehen war damals nicht so dominant im Alltag wie heute. Abends saßen wir zusammen, spielten Karten, Würfelspiele oder „Stadt, Land, Fluss".

In dieser Zeit lernten wir Jungen von unseren Eltern das Skatspielen. Auch Schach brachte Vater mir bei.

An den Wochenenden begaben wir uns häufig zusammen in den nahen Wald. Denn dort, so hatten wir herausgefunden, gab es Unmengen an Pilzen. Beliebte Sorten, die wir nach und nach kennen und schätzen lernten, bereicherten oft unseren Speisenplan. Um auf Nummer Sicher zu gehen, kaufte Vater extra ein Buch über Pilzkunde. Das enthielt alle Informationen zu Steinpilzen, „Krause Klucke", oder Pfifferlingen und anderen Schätzen aus dem Wald.

Mutter schmorte die Pilze, die wir meistens mit zu säubern hatten, fürs Abendbrot in einer großen Pfanne. Die stellte sie auf den Tisch in die Mitte. Jeder hatte ein Stück Brot in der einen und eine Gabel in der anderen Hand und dann stürzten wir uns alle auf das schmackhafte Mahl. Nur die Lütten bekamen ihre Portion Pilze extra auf den Teller. Sonst hätten sie nicht viel abbekommen.

Eigentlich fanden wir immer genug Pilze, so dass nach der wilden Pfannenschlacht niemand hungrig blieb. Eine der ertragreichsten Stellen in einer Schonung voll mit Pfifferlingen hatte Jörg – damals sechs Jahre alt – eines Tages entdeckt. Er war selbst von seiner Entdeckung so entzückt, dass es ihm fast die Sprache verschlug.

Eilig holte er Vater herbei, zeigte auf die Stelle und rief: „Himmeldonnerwetterpilze". Damit hatte er die Lacher und die Bewunderung von uns allen auf seiner Seite. Aber so ertragreich wie an dem Tag war die Stelle danach nie wieder.

Auf andere Lieblingsspeisen aus Kindheitstagen mussten wir mangels Zutaten entweder verzichten oder auf Mutters Kochkünste vertrauen, die dann gewohnte Beigaben, die im Osten nicht zu beschaffen waren, durch andere ersetzte.

Grünkohl kannten wir bisher vor allem in Verbindung mit „Pinkel", einer geräucherten Grützwurst, die im Norden Niedersachsens und in Bremen gegessen wird. Diese Spezialität gab es in der DDR nicht und die aus Lunge hergestellte Kohlwurst, die man in der Prignitz zum Grünkohl isst, war nicht unser Fall. Aber dann aßen wir unser Kohlgericht eben mit Kassler und Knacker. Einmal hatte uns Oma Pinkel im Paket mitgeschickt. Das ging gut, weil es nicht so lange unterwegs war, es hätte aber auch schiefgehen können.

Auf eine andere Delikatesse, mit der meine Geschwister und ich an der Nordsee aufgewachsen waren, mussten wir sehr lange Zeit verzichten. Nordseekrabben, oder „Granat" so heißen Kleinkrebse, die im Wattenmeer gefangenen und noch an Bord der Fangkutter in Seewasser abgekocht werden. In Bremerhaven kamen sie wöchentlich mindestens einmal auf den Speiseplan. Nur aus der harten Schale pulen mussten wir Großen sie dann selbst.

Unser Problem nach der Übersiedlung: Im DDR-Warenwortschatz tauchten Begriffe wie „Bremer Pinkel" oder „Nordseekrabben" gar nicht auf.

Wenigstens mussten wir nicht auf Fisch verzichten. Denn wir hatten schließlich eifrige Angler unter uns. Da wir seit der Zeit in Potsdam ein Boot besaßen und es uns als ehemalige Küstenbewohner ohnehin ans Wasser zog, nutzten wir die Wochenenden bei geeignetem Wetter gern, um an einen See zu fahren. Nur lag die seenreichere Gegend der Region ausgerechnet auf der anderen Seite der Kreisstadt. Aber wir hatten ja unseren DKW. Weil das Faltboot mit seinen zwei großen Tragetaschen und den Paddelpaaren im Auto erheblichen Platz einnahm, musste so manches Mal doppelt gefahren werden. Anders wären nicht alle Familienmitglieder an unseren Lieblingssee gekommen.

Das nervte auf die Dauer, kostete aber Zeit und Geld. Also ließ sich Vater, der auch Erfinder hätte werden können, etwas einfallen, wie wir alle mit einer Tour an den See kommen konnten. Nachdem er ausgemessen hatte, dass das Boot im zusammengebauten Zustand und umgekehrt gelagert auf dem Dach des Autos passen würde, brachte er an unserem Kombi außen an der Karosserie

Griffe aus Metall an, jeweils vier auf jeder Seite.

An denen wurde das Boot mit Lederriemen – keine Ahnung, wo er die herhatte – regelrecht festgeschnallt. Hinten stand das Boot 1,50 Meter über. Das war gerade so viel, wie offiziell erlaubt war, wenn eine rote Fahne dranhing.

Diese Art, unser Boot zu transportieren, hatte den Vorteil, dass wir es nicht jedes Mal am See wieder zusammen und vor der Abfahrt auseinanderbauen mussten. Damit sparten wir Zeit und unsere Ausflüge ans Gewässer nahmen zu. Aber manchmal ging es morgens schon sehr früh los - zum Angeln, dann meistens nur mit kleiner Besetzung, die aus Vater, Peter und mir bestand. In solchen Fällen wurde der Rest der Familie später nachgeholt.

Auf die Nachbarn in der Siedlung und andere Leute im Dorf muss unsere Tour zum See mit einem Kombi aus dem Westen und dem angeschnallten Boot auf dem Dach exotisch gewirkt haben. Aber wir Kinder fanden Vaters Erfindung gut. In diesem Fall störte es auch ihn nicht, wenn andere vielleicht aus Neid abfällig darüber redeten. Dafür fand er selbst genug Spaß an den Boots- und Angeltouren.

Ende August, wenige Tage vor dem Beginn des neuen Schuljahres, freuten wir uns über eine tolle Nachricht: Ein junger Arzt in Wittstock, der Mutter gründlich untersucht hatte, stellte fest, dass ihre Schmerzen, nicht wie zuvor in Bremerhaven diagnostiziert, durch aggressive Bakterien verursacht worden waren.

Sie litt unter einer sogenannten Senkniere. Das Problem konnte durch eine zur Nierenentfernung vergleichsweise einfache Operation behoben werden. Die OP verlief optimal und Mutter hatte nie wieder Probleme mit ihren Nieren. Sie wurde 83 Jahre alt.

Ihre schnelle Genesung nach dem Eingriff wirkte auf mich – und meinen Geschwistern erging es wohl ähnlich – wie ein Wunder. Das positive Erlebnis beförderte bei mir die Überzeugung, dass Ärzte und Kliniken in der DDR denen im Westen überlegen sind. Auch waren damit erste leise Zweifel, die mich kurz nach der Ankunft im Walddorf quälten, ob es richtig war, unsere alte Heimat zu verlassen, für sehr lange Zeit hinweggefegt.

10. Kapitel

Kostbare Westware

Endlich waren unsere Geräte aus dem Westen eingetroffen. Über die moderne halbautomatische Waschmaschine freuten sich Mutter und die Mädchen, die ihr bei der Wäsche halfen. Auch ein neuer Gasherd war dabei. Ein Allzweckgerät, das man sowohl am Stadtgas als auch an einer Propangasanlage anschließen konnte. Für Letzteres musste aber erst noch das passende Verbindungsstück nach DDR-Norm beschafft werden. Vorher verkaufte man uns dafür keine Gasfüllung.

Auch unsere Federbetten waren mit auf dem Lkw. Unter den Sachen, die uns von der Bahn aus Wittenberge gebracht wurden, waren ein paar andere technische Geräte wie ein Philips-Tonbandgerät und ein Stereo-Radio.

Der Fernsehapparat war für uns alle eine große Enttäuschung. Es war gewiss kein neues Gerät. Es sah eher so aus, als käme es aus dem Sperrmüll.

Aber die Kiste lieferte wenigstens ein halbwegs vernünftiges Schwarz-Weiß-Bild. Jedoch gab es nur ein Programm. Mehr war damals nicht im Angebot, weil das zweite DDR-Programm erst später auf Sendung ging. Und mit dem vorhandenen Tuner im Gerät war der Empfang eines Westempfanges gar nicht möglich.

Vater hatte damals vermutet, dass sich unser Onkel im Westen bei der Zusammenstellung der Sachen hat übers Ohr hauen lassen. Doch damit tat er ihm Unrecht. Später erfuhren wir von unseren Großeltern, dass in der Einfuhrgenehmigung von den DDR-Behörden als Auflage vermerkt war, dass der Fernseher nicht mit einem Empfangsteil für das zweite Programm ausgestattet sein durfte. Doch gängige Geräte im Westen ermöglichten längst den Empfang mehrerer Kanäle. Wegen der Vorgabe des Zolls blieb dem Onkel nur die Möglichkeit, uns ein älteres Gerät zu schicken. Danach musste er sogar eine Weile suchen. So blieb für uns das

Angebot an Fernsehunterhaltung vorerst begrenzt.

Aber es gab andere Dinge aus dem Westen, die uns Freude bereiteten. Zu der Zeit war es DDR-Haushalten erlaubt, pro Familienmitglied und Monat ein Westpaket zu empfangen.

Das war mit unseren acht Seelen mehr, als wir Oma Sophie, die das Versenden von Päckchen und Paketen zu ihrem neuen Hobby machte, zumuten konnten. Anfangs wurde von ihr die maximal zulässige Zahl an Westpaketen sogar erreicht.

Eines Tages kamen gleich mehrere dieser Pakete auf einmal an. Sie zu öffnen oder dabei zu sein, war immer etwas Besonderes und hatte für uns einen hohen Stellenwert. Es war fast so wie Weihnachten. Oma verschnürte die Pakete immer fest mit weißem Plastikband. Das war schon ein Erkennungszeichen. Und wenn die Pakete geöffnet waren, strömte der Duft, den die Sachen darin von sich gaben, durch das ganze Zimmer.

Die Pakete rochen entweder nach Lux-Seife, die Oma absichtlich zwischen die anderen Sachen legte oder der Geruch von aromatischem Westkaffee breitete sich aus.

Schokolade, Süßigkeiten und gelegentlich ein paar Schachteln Zigaretten der Marken HB oder Ernte 23 gehörten ebenso dazu.

Die Filterzigaretten rauchten unsere Eltern selten selbst. Sie hatten sich inzwischen an die weniger parfümierten DDR-Sorten wie F6, Juwel oder Cabinet gewöhnt. Die pafften sie lieber, auch wenn diese Marken im Dorfladen gelegentlich unter die Rubrik „Hamwernich" fielen. Die Westzigaretten verschenkten sie oft an Freunde. Für Peter und mich, die offiziell gar nicht rauchten, aber großes jugendliches Interesse dafür hegten, gab es keine legale Möglichkeit, Zigaretten aus den Westpaketen abzubekommen.

Als aber mehrere Pakete ankamen und die Übersicht über all die Westsachen ein wenig verlorenging, gelang es uns, eine Schachtel heimlich beiseitezuschaffen. Dabei handelte es sich um die filterlose

Sorte „Eckstein". Früher war das die Stammsorte unseres Vaters gewesen. Bei der nächsten Gelegenheit, die sich bot, verschwanden Peter und ich dafür auf den Hof. Während mein Bruder als 15-Jähriger schon kräftige Züge nahm, paffte ich eher, hustete aber dafür umso mehr.

Die angefangene Schachtel versteckte Peter dann im Keller. Jedoch so gut war das Versteck wohl nicht. Vater fand die Zigaretten und musste natürlich erzieherisch durchgreifen. Aber jemanden einfach so beschuldigen, das wollte er auch nicht. Wahrscheinlich ahnte er längst, wer am ehesten in Frage kam. Trotzdem versammelte er alle sechs Kinder um sich.

Wir hatten uns in einer Reihe vor ihm aufzustellen. Vater hielt einem jeden von uns, auch den beiden Jüngsten, die angefangene Schachtel Eckstein vor die Nase. „Wer war das? Wer hat die Schachtel weggenommen, zwei Zigaretten rausgenommen und die Schachtel im Keller versteckt?", fragte er.

Doch auf seine Nachfrage erntete er zuerst nur kollektives Schweigen. Er hakte nochmal in etwas schärferem Ton nach. Peter und ich reagierten und sagten laut „Wir!" Das taten wir aber nicht allein, denn unsere Schwestern Amke und Monika hatten sich ebenfalls zur Tat bekannt, obwohl sie gar nichts damit zu tun hatten.

Vater fragte noch einmal. Als glaubte er nicht, was er da hörte: „Wer war das?" Jetzt kam sogar ein lautes „Wir!" mit sechsfacher Beteiligung zurück.

Dann versuchte er es mit Bestechung. Er wandte sich allein dem sechsjährigen Jörg zu, versprach ihm eine große Tüte Bonbons, wenn er ihm sagen würde, wer die Zigaretten genommen hatte. „Jörg, weißt Du, wer das war?" legte Vater nach. Mein jüngster Bruder antwortete prompt: „Ja, weiß ich!" Als Vater ihn fragte: „Und wer war's?", sagte Jörg allein: „Wir!"

Ich gehe davon aus, dass die Lütten gar nichts von unserer Untat wussten, Amke und Monika hingegen können es vielleicht geahnt haben. Aber die eigenartige Befragung, die Vater mit uns veranstaltete, muss auf die Jüngsten wie ein Spiel gewirkt haben. Und das spielten sie hervorragend mit. Von da an hatten wir Geschwister nicht nur zu Hause, sondern auch im Dorf – weil Vater die Geschichte selbst anderen erzählte – den Ruf einer eingeschworenen Gemeinschaft. Das stimmte sogar. Denn die Situation, dass von uns Größeren jemand etwas ausgefressen und keiner von den Geschwistern denjenigen verpetzt hat, gab es öfter. Damit sind wir sechs Barkhorn-Kinder wohl die Erfinder des „Wir-Gefühls".

Als wieder einmal eine größere Paketlieferung bei uns eintraf, reichte Vaters Befragungstaktik nicht mehr aus, um einen Zigarettendiebstahl aufzuklären. Denn bei uns war eingebrochen worden, während keiner zu Hause war.

Ein paar Westpakete, die wir am Tag zuvor erst erhalten hatten und in denen die meisten Artikel noch verpackt waren, lagen geöffnet auf dem Fußboden unseres Wohnzimmers. Es fehlten weder Kaffee noch Seife oder Sachen zum Anziehen. Dieses Mal fehlten mehrere Schachteln Zigaretten, sonst nichts.

Obwohl ich nichts damit zu tun hatte, bekam ich Gewissensbisse, als hätte ich mit meiner Vortat den Reigen eröffnet.

Aber dieses Mal hatten die Eltern uns auch nicht in Verdacht. So plump hätten wir uns wohl auch nicht angestellt. Die Diebe waren dennoch schnell überführt. Dafür sorgte der herbeigerufene Abschnittsbevollmächtigte (ABV), wie der Dorfpolizist von Amts wegen genannt wurde. Er wohnte ebenfalls in der Siedlung, im Haus gegenüber.

Er sah sich die Sachen in den Paketen an, nahm den Boden genau in Augenschein und inspizierte die angrenzenden Räume. Dann begab er sich in den Keller. Dort war ein Fenster geöffnet. Ein junger Mensch hätte leicht hindurchschlüpfen können, wie der Polizist feststellte. Der Rest war Berufserfahrung. Denn Mutter hatte ihm berichtet, dass sie unserer Nachbarin im Nebenhaus nicht nur von der neuen Paketlieferung erzählt, sondern ihr diese auch gezeigt und eine Tüte Westkaffee mitgegeben hatte. Die Nachbarin berichtete zu Hause davon. Mit großem

Interesse hörten ihre zwei jüngsten Söhne zu. Beide nutzten noch am selben Tag die Gelegenheit, nachdem wir mit unserem Auto sichtbar für alle weggefahren waren. Da die Jungen, von denen der jüngere so alt war wie ich, so etwas nicht das erste Mal gemacht hatten, ging der ABV gleich rüber ins Nachbarhaus und stellte den Tatverdächtigen eine simple Falle. Er fragte sie, für wen sie all den Kaffee und die Schokolade gestohlen hätten. Da protestierten die zwei Verdächtigen und erklärten, dass sie sich nur ein paar Schachteln Zigaretten genommen hätten. Der Fall war somit aufgeklärt!

Der Nachbarin war die Untat ihrer Söhne äußerst peinlich. Sie machte wochenlang einen großen Bogen um uns alle. Mutter wollte dem ABV eine Tüte Kaffee mitgeben – zur Belohnung, weil der so einen guten Job gemacht hatte, aber das nahm er nicht an. Als Polizist und dann noch Westkaffee? Das ging schon mal gar nicht.

Die Belohnung für den Dorfpolizisten holten unsere Eltern später nach, als sie ihn in Zivil in der Kneipe trafen.

11. Kapitel

Lernen in Filzpantoffeln

Unsere Schule befand sich in einer etwa sechs Kilometer entfernten Kleinstadt nahe der Grenze zum Bezirk Schwerin. Der Ort hat eine beeindruckende Geschichte. Bereits im 13. Jahrhundert hatten die Brandenburger dort eine Festung zur Abwehr der Mecklenburger errichtet. Mecklenburger gingen, obwohl sie in einem anderen Bezirk wohnten, auch in unsere Schule.

Weil ich als Neuankömmling genauso wenig „berlinerte" wie sie und man mir meine norddeutsche Herkunft zumindest anfangs anhörte, wurde ich von einigen Mitschülern in den ersten Tagen für einen von den Mecklenburgern aus Massow gehalten. Da mich allerdings schon zuvor in den Ferien ein paar Jungen aus der Nachbarschaft kennengelernt hatten, hielt sich der Irrtum nicht sehr lange.

Das Schulhaus war ein zweigeschossiger Neubau, 1964 eingeweiht, und gehörte zu jener Zeit zu den modernsten Einrichtungen dieser Art in der Region. Immerhin wurde das Gebäude zentral beheizt. Die Klassenräume waren hell durch ihre großen Fenster und das Mobiliar deutete darauf hin, dass das Haus erst vor kurzer Zeit gebaut und eingerichtet worden war.

Erstaunlich sauber und nahezu blank war der Fußbodenbelag in den Klassenräumen. Dafür gab es einen plausiblen Grund: Schüler und Lehrer trugen keine Straßenschuhe. Es bestand Hausschuhpflicht.

Damit diese Regelung sich durchsetzen ließ, standen auf den Fluren neben den Klassenräumen offene Schränke. Dort waren nicht nur die Jacken untergebracht. In Schuhregalen waren die Straßenschuhe abzustellen.

Der Schuhwechsel bei jedem Betreten oder Verlassen des Gebäudes, zum Gang auf den Schulhof zur Pause, beim Weg zum Sportunterricht und nach Schulschluss war auf die Dauer etwas lästig. Aber es gab Tage, an denen ich das Prozedere schätzte.

An Regentagen oder im Winter, wenn ich mit nassen Schuhen von draußen kam, war ich froh, in meine trockenen Filzlatschen steigen zu dürfen.

In der Schulordnung galt eine Ausnahme, bei der beim Verlassen des Hauses auf das Anziehen der Straßenschuhe ausdrücklich verzichtet wurde. Im Alarmfall war das Gebäude so schnell und geordnet wie möglich zu verlassen – mit Latschen. Das wurde im Lauf eines Schuljahres mehrmals geprobt.

Anders als zuvor in Potsdam, war ich mit Eintritt in die 7. Klasse vom Russischunterricht nicht mehr freigestellt. Ich sollte, so hatten es meine Eltern mit der Schule ausgehandelt, soweit es ging, versuchen, mitzuarbeiten. Nur Zensuren bekam ich nicht gleich und in Freistunden versuchte ich, mit Lehrbüchern aus den Klassenstufen fünf und sechs, das von mir unbeabsichtigt Versäumte aus den ersten zwei Jahren aufzuholen. Manchmal halfen mir Mitschüler, Lehrer eher selten. Denen mangelte es entweder an der nötigen Zeit oder an pädagogischem Ehrgeiz.

So wurschtelte ich mir so recht und schlecht meine eigenen Kenntnisse in dieser mir fremden Sprache zusammen.

Später bekam ich dann wie andere auch Zensuren für Klausuren und mündliche Tests.

Für ein durchschnittliches Ergebnis hat es immer gereicht, für mehr nicht. Mit der russischen Grammatik, die ich mir schlecht selbst beibringen konnte, blieb ich stets auf dem Kriegsfuß, auch Jahre später beim Studium. Meinen Geschwistern Amke und Peter blieb die Qual, sich mit russischer Grammatik herumplagen zu müssen, erspart. Beide wurden von diesem Sprachunterricht freigestellt.

Leichter fiel mir dagegen der Englischunterricht. Da ich nun Schüler der siebten Klasse war, für die Englisch als freiwilliges Zusatzfach erstmals angeboten wurde, konnte ich meinen Vorlauf, den ich im Westen ab der fünften Klasse erworben hatte, voll auskosten.

Anfangs war ich in dem Fach größtenteils unterfordert. Aber anstatt dies für mich selbst zu nutzen und an der Feinheit der Sprache zu arbeiten, ließ ich es schleifen. Einsen bekam ich ohnehin fast immer bei Tests, ohne mich darauf vorzubereiten. Manchmal nahm ich mir sogar heraus, meine Lehrerin in der Aussprache von englischen Wörtern zu korrigieren, was gewiss nicht den besten Eindruck hinterließ. Die anfängliche Unterforderung, gepaart mit Langeweile und die Tatsache, dass die Lehrerin ihrem Kollegen in Bremerhaven fachlich unterlegen schien, führte dazu, dass ich das Interesse an der englischen Sprache weitestgehend verlor. Meine Zensuren waren dadurch vorerst nicht gefährdet.

Aber es machte eben keinen Spaß mehr, Englisch zu lernen. Außerdem hatte ich andere Fächer entdeckt, die für mich interessanter waren. In Geografie, Geschichte und Chemie arbeitete ich im Unterricht gut mit. Und das, was ich dort lernte, reichte, um bei der nächsten Arbeit ordentlich abzuschneiden.

Dafür hasste ich Hausaufgaben, obwohl zwischen Unterrichtsschluss und der Abfahrt unseres Busses genug Zeit war, diese zu erledigen. Lieber nutzte ich meine Freizeit dazu, mit Zeichenpapier, Bleistift und Filzstiften eigene kleine Comic-Hefte zu basteln. Die mühsam hergestellten Büchlein verkaufte ich für 20 Pfennig das Stück an Kinder aus der Nachbarschaft, wenn meine Geschwister ihnen diese nicht vorher wegschnappten.

Von „Nicky und seine Freunde", wie meine Mäusegeschichten in Anlehnung an die weltbekannte Zeitschrift „Micky Maus" hießen, erschien eine ganze Serie an Heften. Aber weil ich keine technisch zuverlässige Möglichkeit hatte, die Ausgaben zu kopieren, galt es, jedes Duplikat extra nachzuzeichnen – eine mühselige Angelegenheit! So war jedes der Hefte immer auch ein Unikat. Leider hatte ich selbst davon kein einziges aufgehoben und reich wurde ich damit auch nicht.

12. Kapitel

Doppelbock

Der Sportunterricht hatte im Schulalltag der DDR einen hohen Stellenwert. So erwarb sich mein Bruder Peter schon bald allgemeine Anerkennung mit passablen sportlichen Leistungen. Er schaffte es in seinem Jahrgang sogar, in Disziplinen der Leichtathletik alte Schulrekorde einzustellen oder zu überbieten. Bei mir hingegen waren, was den Sport anging, Hopfen und Malz verloren. Für mein Alter ohnehin zu klein und zu schmächtig gebaut, fehlte es mir zudem an sportlichem Ehrgeiz.

Ich mochte weder Gerätturnen noch machten mir Ballspiele in der Halle Spaß. Technisch beherrschte ich sie nicht und alle, die körperlich größer und robuster waren – und das waren alle – nahmen mir den Ball schnell wieder ab. Das war aber schon vorher im Westen so. Nur hatte sich da niemand dran gestört. Doch denjenigen gab es jetzt.

Mein neuer Sportlehrer, mit dem ich es fortan zu tun hatte, brüllte mich schon das erste Mal laut an, da hatte die Sportstunde noch gar nicht richtig angefangen.

Er hatte uns im schroffen Befehlston auf dem Sportplatz in Reihe antreten lassen und ich, der am Ende stand, zappelte ihm zu viel herum. Erschwerend für mich kam hinzu, dass ich ausgerechnet zur ersten Sport-Doppelstunde im neuen Schuljahr meine Turnschuhe vergessen hatte und mit Straßenschuhen in der Reihe stand.

Der Zweimetermann mit Glatze baute sich vor mich auf und brüllte los: „Schuuuuuuuuuhe aus!!". Ich wollte etwas entgegnen, aber er wurde noch lauter: „Jetzt rede ich und niemand sonst". Er ließ mich die Schuhe und Strümpfe ausziehen. Ich musste barfuß am Unterricht teilnehmen. Ob 100-Meter-Lauf, Weitsprung, Hürdenlauf – alles hatte ich mit nackten Füßen zu absolvieren. Das führte zu mageren Ergebnissen.

Dabei waren die Laufdisziplinen sonst die einzigen, in denen ich zwar nicht durch Technik oder Kraft, aber durch eine gewisse Zähigkeit bestehen konnte. In Potsdam hatte ich sogar mal einen 100-

Meter-Lauf in Bestzeit absolviert. Doch davon war ich jetzt weit entfernt.

Der glatzköpfige Sportlehrer, der offensichtlich Unterricht mit militärischem Drill verwechselte, mobbte mich vom ersten Tag an. Und das blieb lange Zeit so, bis er mit einem zugezogenen Jungen meines Alters aus Polen ein neues Opfer fand und mich zumindest nicht mehr anbrüllte.

Beim Gerätturnen hatte er eine Lieblingsdisziplin – das Springen über den Doppelbock. Dazu wurde ein kleinerer Turnbock eng vor ein größeres Gerät gestellt und das Absprungbrett vorn vor beiden Böcken abgelegt. Die Aufgabe war, auf das Brett zu springen und mit dem Schwung das hintere große Gerät zu überwinden, ohne den vorderen zu berühren.

Für Gleichaltrige, die altersgemäß mit der richtigen Körpergröße und Kraft ausgestattet waren, war es eine Aufgabe, die mit etwas Übung leicht zu schaffen war. Aber wenn man einen Kopf kleiner ist, als die Mitschüler und dünn wie eine Bohnenstange, dann ist das ein unüberwindbares Hindernis. Ich landete entweder sitzend auf dem vorderen Bock oder stieß mit zu wenig Schwung gegen das größere Gerät.

Dass ich mich dabei hätte verletzen können, kam dem Drillmeister offenbar nicht in den Sinn. Manchmal ließ er uns diese Übung sogar ausführen, obwohl an den Geräten niemand zur Hilfestellung postiert war, was aber die Vorschrift verlangte.

Es gab zwei oder drei Absprünge, bei denen ich das Hindernis überwand. Statt mich dann für meinen Fortschritt – über den ich mich selbst freute – zu loben, polterte er nur „Das war gar nichts!".

Der Drillmeister hatte ein anderes Mal eine Handvoll Reißzwecken auf den vorderen Bock gelegt. Wer diese beim Absprung berührte, lief Gefahr, sich zu verletzen. Mich hatte er offenbar damit beeindruckt, denn ich hatte dabei einen meiner besten Sprünge hingelegt.

Aber ein Mitschüler, den der Glatzenmann ebenfalls auf dem Kieker hatte, griff mit der ausgestreckten flachen rechten Hand voll in die spitzen Nadeln der Zwecken und riss sich die Haut auf. Die Reaktion des Lehrers war ein breites Grinsen und die Aufforderung an meinen Mitschüler, dass dieser sich erst die Hände waschen sollte, bevor er von ihm ein Pflaster bekäme.

Im Lauf des Schuljahres schaffte ich es wenigstens, ein paar bessere Zensuren im Sport beizusteuern. Der militante Lehrer fehlte wegen einer Kur und wir bekamen in dieser Zeit einen jüngeren Vertretungslehrer.

Der Nachfolger legte zwar ebenfalls Wert auf Disziplin. Aber daran hatte ich mich ja inzwischen gewöhnt. Dafür war sein Unterricht besser. Und beim Laufen konnte ich etwas für meine Zeugniszensur tun und den insgesamt schlechten Durchschnitt verbessern.

Den Spaß am Sport aber, den fast jeder in sich trägt, hatte mir der Glatzenmann für lange Zeit regelrecht vermiest. Fußball und Leichtathletik blieben die einzigen Sportarten, für die ich mich etwas interessierte.

13. Kapitel

Ganz auf Linie

Mit dem Start des Schulalltages an der Polytechnischen Oberschule begann für uns jungen DDR-Neubürger aus dem Westen auch in anderer Hinsicht ein neuer Abschnitt. Die politische Erziehung im Sinne des Sozialismus nahm ihren Lauf. Die Losungen, die mir tagtäglich um die Ohren flatterten, hörten sich nicht schlecht an.

Wer könnte schon etwas dagegen haben, den Weltfrieden zu erhalten und zu sichern? Und dass es allen Menschen auf der Welt mindestens gleich gut geht, niemand hungern muss, und die Arbeiter die Ersten sein müssen, die von den Erträgen ihres Schaffens profitieren. So etwas klang wie Musik in meinen Ohren. Schließlich war Vater auch ein einfacher Arbeiter. Ich sog das alles damals voller Interesse in mich auf, allerdings ohne auf die Zwischentöne zu achten.

Das Lied, in dem damals geträllert wurde „Die Partei hat immer Recht!" musste ich nie lernen. Vielleicht wäre mir dabei wenigstens schon mal ein kleines Licht aufgegangen. Denn darauf, dass niemand immer Recht haben kann, wäre ich bestimmt gekommen. Ich aber lernte im Musikunterricht romantisch verklärte Lieder von wagemutigen Kämpfern. Das Repertoire bestand aus Zeilen wie „Brüder zur Sonne zur Freiheit", „Partisanen vom Amur" oder „Bella Ciao" (ein Lied italienischer Partisanen).

Ich ließ mich mitreißen von Geschichten über kommunistische Helden und große Vorbilder wie Ernst Thälmann, der im KZ von den Nazis ermordet worden war. Hans Beimler und Artur Becker, die im spanischen Bürgerkrieg bei den Roten Brigaden kämpften und dabei ums Leben kamen, wurden meine Vorbilder. Das alles interessierte mich und damit war ich einigermaßen schnell „auf Linie" zu bringen.

Als Siebtklässler hätte es sich für mich zwar gar nicht mehr gelohnt, noch für ein Jahr Mitglied bei den „Jungen Pionieren" zu werden. Aber ich wollte das sogar selbst. Warum ich mich damit nach vorn drängte und um Aufnahme bei den Pionieren bat, weiß ich heute nicht mal mehr genau. Ich kann mich nicht erinnern, dass mich irgendjemand dazu agitiert hätte. Das kam von mir selbst. Vielleicht hatte ich nur Angst davor, nicht dazuzugehören und in der Klasse isoliert zu sein? Oder wollte ich, angefixt von der sozialistischen Ideologie, selbst aktiv mitmachen, mich persönlich einbringen? Ich kann es nicht mehr mit Bestimmtheit sagen. Es war wohl von beidem etwas. Außerdem darf nicht vergessen werden, dass ich mich in der Anfangsphase der Pubertät befand und mich das weibliche Geschlecht in Form meiner Mitschülerinnen begann zu interessieren. Und da war die aktive Mitarbeit im Gruppenrat ein probates Mittel, um bestehende Distanzen zu verringern.

Allerdings blieb Letzteres blanke Theorie, denn mir fehlten der Mut und die Erfahrung, um eines der Mädels aus meiner Klasse wirksam anzubaggern. Außerdem interessierten die sich doch eher für die Jungs aus den höheren

Klassenstufen. Aber welcher Pubertier weiß das schon?

Einmal jedoch raffte ich sogar all meinen Mut zusammen und gestand einer, die ich heimlich anbetete, in einem kleinen Brief, den ich ihr im Unterricht zusteckte, meine tiefe Zuneigung und das wohl auf ziemlich unreife und stilistisch plumpe Weise. Das Mädchen stammte aus dem kleinen Ort Massow.

Sie war also eine von den Mecklenburgerinnen. Sie erwiderte meine etwas zu schwülstig verfassten Worte zwar nicht wie erhofft. Aber sie reagierte, wenn ich das im Nachhinein betrachte, dennoch fair und nicht verletzend. Sie steckte mir am Nachmittag, kurz bevor sie in ihren Bus stieg, der leider in die entgegengesetzte Richtung fuhr, ebenfalls einen Brief zu. Darin schrieb sie, dass sie es schön finde, dass ich sie mag. Aber sie selbst habe aktuell kein Interesse an mir. Was sich aber vielleicht noch ändern könnte, wenn ich etwas älter geworden sei. Das Hintertürchen ließ sie immerhin offen.

Im Grunde hatte sie damit ausgedrückt, dass ich ihr – und da hatte sie wohl Recht – einfach noch zu unreif war. Sie hätte auch anders reagieren und meinen Brief in der Klasse herumreichen können.

Das aber hat sie nicht getan. Einen zweiten späteren Versuch, die Mecklenburgerin, die mit ihrer Antwort mein Interesse für sie eher gesteigert hatte, anzubaggern, bekam ich leider nicht. In den Weihnachtsferien zog sie mit ihrer Familie nach Rostock und ging fortan dort zur Schule.

Und ich, inzwischen für ein knappes Jahr „Thälmannpionier" geworden, knüpfte mir jeden Mittwoch, wenn Pioniernachmittag war oder bei anderen Anlässen, das blaue Halstuch[2] um. Ich versuchte in der Klasse, aber auch außerhalb des Unterrichts, mehr mitzureden, eine gute Figur zu machen. Was ansatzweise gelang. Manchmal hörten mir sogar die Mädels zu, wenn ich meine Meinung zum Besten gab. Aber ich war immer noch weit entfernt davon, für sie ein interessanter Typ zu sein.

14. Kapitel

Die Unkrautraucher

Meine Bekanntheit in der Schule, die etwa 400 Schüler zählte, sollte aber bald zunehmen. Dafür sorgte ich selbst kurz vor den Herbstferien, zusammen mit jenen beiden Nachbarjungen, die vorher einmal in unsere Wohnung eingebrochen waren.

Es war immer ein bisschen abenteuerlich, mit ihnen umherzuziehen. Sie kannten sich im nahen Wald, aber auch in der Gegend rund um unser Dorf gut aus. So dauerte es nicht lange, bis wir zusammen die erste Schachtel Zigaretten rauchten, die Hartmut, mit 14 der ältere der beiden Brüder, aufgetrieben hatte.

Wenn keine Zigaretten zu beschaffen waren, dann teilten wir uns eine Pfeife. Die hatte Hartmut seinem Vater aus der Arbeitsjacke stibitzt. Den Tabak sammelten wir uns mühselig zusammen, aus alten Zigarettenresten, die unsere Eltern liegen ließen. Doch der Ertrag war meistens gering.

Wir sahen uns nach Alternativen um, versuchten es mit getrocknetem Eichenlaub. Doch das schmeckte bitter und verursachte Brechreiz. Dann fanden wir trockene Birkenblüten, die an den Zweigen eines umgestürzten Baumes an einer Lichtung hingen. Der erste Versuch, die getrockneten Blüten mit Tabak aus Zigarettenresten zu mischen, gelang. Das Gemisch war stark und kratzte anfangs im Hals. Aber wir hatten wenigstens etwas, was wir in der Pfeife rauchen konnten.

Also holten wir mehr von den trockenen Blüten, füllten ein großes Einmachglas zur Hälfte damit. Die Versorgung war für lange Zeit gesichert. Zum Rauchen trafen wir uns meistens auf der Straße hinter unserer Siedlung. Das war nicht so weit weg.

Als wir uns eines Tages dort wieder zum Rauchen trafen, näherte sich eine Kolonne mit Militärlastern und kam nur ein paar Meter von uns entfernt zum Stehen.

Dass Armeetrupps im nahen Forst kampierten, war nichts Ungewöhnliches. Nur offiziell darüber informiert wurde die

Bevölkerung vorher nie. Sowohl die russischen Streitkräfte, die in Wittstock und Neuruppin größere Einheiten stationiert hatten als auch die Nationale Volksarmee, nutzten das waldreiche Gebiet oft für kleinere Übungen.

Wer sich dann genau in unserem Wald aufgehalten hatte, war hinterher meistens klar auszumachen. Während die Sowjets allenfalls ein paar abgesägte Baumreste, abgebrochene Zweige und einige eiligst gegrabene Schanzen für Panzerstellungen hinterließen, kamen nach einer NVA-Übung zu all dem noch etliche Reste von Wohlstandsmüll und infolge von Schlampigkeit nicht selten vergessene Teile der Ausrüstung hinzu. Dieses Mal war es eine NVA-Kompanie aus Parchim, die unseren Wald heimsuchte. Drei Tage später war sie wieder weg.

Schon kurz nachdem wir das Aufheulen ihrer Motoren vernahmen, machten wir drei Freunde uns auf den Weg, um die Stellen des verlassenen Camps zu inspizieren.

Im Wald lagen Konservendosen, Zigarettenschachteln und anderer Müll herum. In einer improvisierten Feuerstelle war noch Glut erkennbar. Heiko, der Jüngere der Nachbarjungen, entdeckte dann etwas Sensationelles – ein Feldtelefon. Das Gerät war mit einem Hörer, einer seitlich angebrachten Kurbel, ein paar Tasten und einem Metalletikett mit Abkürzungen und Erklärungen versehen.

Obwohl es, ohne das Gerät an eine Leitung anzuschließen, gar keinen Sinn machte, testeten wir die Kurbel. Sie ging etwas schwerfällig und erzeugte ein surrendes Geräusch. Das Feldtelefon und das Bajonett, das ich dann neben einem verbeulten Essgeschirr fand und das zu einer Maschinenpistole gehören musste, nahmen wir mit in unser neues Versteck.

Das hatten wir uns erst wenige Tage zuvor in einer Feldscheune, etwa 500 Meter von unserer Siedlung entfernt, eingerichtet.

Im Inneren der Scheune, die nie verschlossen war, hatte die LPG nach der letzten Ernte auf einer Hälfte der Fläche große achteckige Strohballen aufgeschichtet.

In dieses Strohlager hinein hatten wir uns mit viel Schweiß ein paar gut getarnte Gänge gebaut. Die führten alle in die hinterste Ecke des Strohhaufens, wo wir von außen nicht sichtbar einen Geheimraum geschaffen hatten. In dieses Versteck brachten wir unseren Fund und verabredeten uns dort wieder für den folgenden Nachmittag.

Am nächsten Tag holten wir unsere Beute aus dem Versteck, um die Sachen näher unter die Lupe zu nehmen.

Das scharfe Bajonett, das offensichtlich von einer Maschinenpistole des sowjetischen Typs AK47 stammte, überließen wir Hartmut. Wir sahen uns die Sachen aber nicht im Versteck, sondern auf der betonierten Freifläche gegenüber vom Strohlager an. Dort war es nicht so dunkel wie in der Geheimecke, wo man eine Taschenlampe brauchte.

Außerdem wollten wir bei der Gelegenheit eine Pfeife mit unserem Spezialtabak rauchen. Weit weg vom Stroh sahen wir darin keine Gefahr. Hartmut zündete sich die frisch befüllte Pfeife gerade an, als plötzlich die große

Scheunentür aufging. Ein Mitarbeiter der LPG, den ich nur vom Sehen kannte, trat ein. „Ja spinnt ihr denn? Hier in der Scheune zu rauchen? Ihr habt sie wohl nicht mehr alle!", schrie er uns an und kam mit erhobener Strohgabel, die er bei sich trug, auf uns zu.

Erschrocken sprangen wir drei auf, schlugen auf der Flucht vor dem Mann ein paar Haken und rannten, was das Zeug hielt, davon. Sämtliche Utensilien – das Feldtelefon, das Bajonett, das Glas mit der Spezialmischung sowie die Pfeife – ließen wir bei unserer Flucht in der Scheune zurück.

Doch wo sollten wir jetzt hin, da man uns gerade beim Rauchen neben einem Strohlager erwischt hatte? Einfach nach Hause gehen, das konnten wir nicht. So viel stand schon mal fest. „Unser Alter schlägt uns tot, wenn er davon erfährt", argwöhnte Hartmut. Dass der Vater der beiden Jungs vor allem im Suff brutal sein konnte, wusste jeder in der Siedlung.

Aber auch ich hatte gelegentlich schon Vaters Strenge in handlicher Weise zu spüren bekommen, wenn ich Blödsinn angestellt oder auf stur geschaltet hatte.

Aber im Vergleich zu den Prügeln, die unser Nachbar an seine Söhne austeilte, waren die Ordnungshiebe, die ich bekam, eher harmlos und symbolischer Natur. Trotzdem hatte ich an dem späten Nachmittag keinerlei Ambitionen, nach Hause zu gehen.

Also beschlossen wir, gemeinsam erstmal in westlicher Richtung das Weite zu suchen. Damit war Pritzwalk, die nächste Kreisstadt, gemeint.

Abseits der Stadt wohnte eine Großtante von mir, die mich bestimmt aufnehmen würde, so rechnete ich. Für meine beiden Freunde aber sollte das nur eine Zwischenstation sein.

Sie wollten möglichst weit weg von ihrem jähzornigen und betrunkenen Vater. „Wir gehen dahin, wo Du hergekommen bist, nach Westdeutschland. Irgendwie kommt man da schon rüber, wenn man will", war sich Hartmut sicher. Doch das hielt ich für ausgemachten Blödsinn und sagte ihm das auch. Es herrschte dicke Luft zwischen uns. Schweigend setzten wir unseren Fußmarsch in Richtung Westen fort.

Nach eineinhalb Stunden, und gut acht Kilometern, die wir auf der holprigen Pflasterstraße hinter uns ließen, kamen wir in einem kleinen Dorf an. Dort legten wir eine längere Pause ein. Wir setzten uns eine Weile in das Buswartehäuschen. Es war inzwischen Abend geworden. In spätestens einer Stunde würde es dunkel sein.

Mich fröstelte, ich hatte Durst und mir knurrte der Magen. Lust, weiter zu laufen, hatte ich auch nicht. Hunger und Durst hatten die beiden Brüder auch, aber ebenso den eisernen Willen, an ihrer Zielrichtung gen Westen festzuhalten. Sie wollten mich überreden, mitzukommen.

Doch ich hatte mich längst entschlossen umzukehren. „Dann bekomme ich eben Hiebe, aber das geht auch vorbei und in ein paar Tagen ist alles vergessen", sprach ich aus Erfahrung. Auch wenn unser Vater streng sein konnte, war er nie nachtragend.

Ich verabschiedete mich von meinen Freunden und versprach, sie nicht zu verpetzen. Dann gab ich ihnen die Adresse von meiner Großtante und trottete nach kurzer Verabschiedung im Halbdunkel allein mit einer Mischung aus Angst vor dem Ungewissen und einer Portion Trotz wieder nach Hause.

Als ich dort ankam, nahm mich erst einmal niemand wahr. Ein anderes Lebewesen stand im Mittelpunkt des Interesses meiner Geschwister und Eltern. Ein kleiner schwarz-weißer Mischlingswelpe, der umringt von meinen Schwestern auf dem Teppich des Wohnzimmers hockte, blickte ängstlich um sich. Ab und zu kläffte er mit heiserer Stimme. „Charly", von dem Tage an unser neues Familienmitglied, hatte die ganze Aufmerksamkeit für sich.

Bis es an die Haustür klopfte und der ABV in der Tür stand. Er sprach erst ein paar Minuten mit unseren Eltern, dann wurde ich zu den drei Erwachsenen in die Küche bestellt. „Rolf, was habt Ihr Euch nur dabei gedacht?", fragte der ABV und schüttelte mit dem Kopf.

Wo ich denn solange gewesen sei und ob ich wüsste, wo die anderen beiden sich aufhielten, wurde ich gefragt. Ich antwortete, dass ich allein umhergelaufen sei. Wo die Jungs sein könnten, wüsste ich nicht. Die müssten doch längst zu Hause sein. Da waren sie nicht. Das wusste ich zwar, verpetzte die beiden aber nicht.

Der ABV ging erstmal wieder und kam zwei Stunden später zurück. Denn die Nachbarjungen waren immer noch nicht zu Hause angekommen. Ich aber blieb bei meiner Aussage, dass ich nicht wüsste, wo sie sich aufhielten. Weil ich das in dem Moment tatsächlich nicht genau sagen konnte, war es nicht einmal die Unwahrheit und wirkte deshalb glaubhaft. Ein Indiz dafür, dass man mir in dieser Sache scheinbar glaubte, war die Tatsache, dass mich von den Eltern der Jungen niemand nach deren möglichen Aufenthalt befragte.

Noch in derselben Nacht informierte der ABV seine vorgesetzte Dienststelle in der Kreisstadt. Damit wurde die Suche nach den beiden geografisch weiter ausgedehnt.

Ich fühlte mich zwar selbst in meiner Haut nicht ganz wohl, aber die Freunde zu verraten, kam nicht in Frage. Ich versuchte, mich abzulenken. Dazu gehörte der Versuch, mit unserem neuen Hund zu spielen.

Doch der war zu aufgeregt. Das Einzige, was ihm zu gefallen schien, war der große Plastikkorb, in dem Mutter die frisch gewaschene und inzwischen getrocknete Wäsche abgelegt hatte. Der Vierbeiner zerrte ein Wäschestück nach dem anderen aus dem Korb und zerriss dabei so manches gute Stück. Das fanden wir Kinder zwar lustig, durften es aber grundsätzlich nicht gutheißen.

Charly hielt es nicht lange bei uns aus. Als er ein paar Wochen älter war, riss er mehrmals aus, machte sich auf den Weg zum Nachbardorf, wo er herstammte. Irgendwann war unsere Geduld am Ende und der Hund blieb dort.

Auch die streunenden Jungs von nebenan kamen wieder nach Hause. Am zweiten Abend nach unserer Flucht wurden sie tatsächlich in Pritzwalk aufgegriffen und noch in der Nacht von der Polizei nach Hause gebracht. Den Beamten in Pritzwalk hatten beide übereinstimmend erzählt, dass ich sie zum Rauchen in der Scheune und zur Flucht in den Westen angestiftet hätte. Weil ich wüsste, wie es da drüben aussähe und wie man dort zurechtkommen könnte – ich als Zwölfjähriger?

Und getrennt hätten wir uns dann nur, so ihre Variante, um besser über die Grenze zu kommen. Offenbar wussten sie nicht einmal, dass die aufwändig gesicherte deutsch-deutsche Grenze von Pritzwalk immer noch gut 120 Kilometer entfernt war und 20 Kilometer vorher das Sperrgebiet begann.

Ihre Variante erzählten sie nicht nur der Polizei, sondern auch anderen Leuten im Dorf. War das der Dank dafür, dass ich sie nicht verpetzt hatte? Auch wenn ich, als ich davon erfuhr, sauer auf die beiden war, begriff ich irgendwann, dass sie mich aus reinem Selbstschutz zum Sündenbock erklärt hatten. Es ging ihnen darum, die Prügel, die sie von ihrem Vater erwarteten, etwas abzumildern.

Bei mir schien aber auch irgendwas nicht normal zu laufen. Denn obwohl ich wirklich Mist gebaut hatte, der ABV meinetwegen zu uns nach Hause gekommen war und ich dann auch noch der Anstifter von dem ganzen Unfug gewesen sein soll, setzte es keine Ohrfeigen oder Hiebe mit dem Hosenriemen.

Dass ich die Jungen angestiftet haben könnte, mit mir in den Westen zu fliehen, hielt mein alter Herr für ausgemachten Blödsinn. Dass ich vorgehabt haben könnte, absichtlich eine Scheune in Brand zu stecken, das glaubte er auch nicht. Aber ich sollte wenigstens, so hatten es unsere Eltern beschlossen, aus der Sache meine Lehren ziehen.

Ohne mir allzu lange den drohenden Zeigefinger vorzuhalten, forderte Vater mich auf: „Du setzt Dich auf Deinen Hosenboden und schreibst einen Aufsatz, der mindestens zehn Heftseiten lang ist!". Das von ihm vorgegebene Thema lautete: „Die Vor- und Nachteile des Feuers".

Drei Tage Zeit gab er mir für den Aufsatz. Den durfte ich aber nicht, darauf wies er extra hin, einfach so hinkritzeln. Ich hatte ihn in allerbester Schönschrift zu schreiben, was für mich schon Strafe genug war. Und dann sollte ich das Werk dem ABV und dem Direktor der Schule zeigen und von beiden unterschreiben lassen und abschließend den Eltern vorlegen.

Ich hatte mit allem gerechnet. Mit kräftigen Hieben auf das Hinterteil, Monate langem Stubenarrest oder einen ganzen Sommer Angelverbot. Aber ein Aufsatz als Strafe?

Damit war die Sache jedoch nicht ausgestanden. Schließlich galt es, an uns jungen Beinahe-Brandstiftern ein Exempel zu statuieren.

Was eignete sich dafür besser als ein Probealarm mit Schulhof-Appell? Das auf mich etwas militant wirkende Ritual des Fahnenappells hatte ich bei anderen Gelegenheiten schon kennengelernt und mit Argwohn aufgenommen. Ich fand es etwas albern, wenn alle zu einer blauen Fahne aufschauten, die an einem Mast hochgezogen wurde, während irgendwo auf dem Platz einer stand und meistens zu leise dargebracht, salbungsvolle Worte von sich gab. So wirkte das, was feierlich sein sollte, auf mich eher lächerlich.

Bei einem reinen Brandschutzappell aber wurde auf die Flaggenzeremonie verzichtet. Da galt es nur, klassenweise auf dem Platz anzutreten und stramm zu stehen.

Zum ersten Mal erlebte ich solch einen Alarmappell in jenen Oktobertagen. Mitten im Unterricht ertönte die Alarmsirene. Das bedeutete, dass wir alle so schnell wie möglich die Klassenräume und das Schulgebäude zu verlassen hatten. Zwar war die Evakuierung vorher schon etliche Male geübt worden. Aber dafür ging es noch immer recht chaotisch zu. Ohne unsere Schuhe zu wechseln, also mit Filzlatschen oder anderen Hausschuhen an den Füßen, stellten wir uns auf dem Schulhof zum Appell auf.

Weil ich damals in unserer Klasse zu den Kleinsten gehörte, war mein Platz bei Appellen vorne in der ersten Reihe. Doch den hätte ich an diesem Tag gern gegen einen der hinteren Plätze getauscht. Denn ich sah, wer neben dem Direktor am Fahnenmast stand. Es war unser ABV aus der Siedlung. Er legte ein Feldtelefon auf einem Tisch ab, den man schnell vor dem

Mast aufgestellt hatte. Dann packte er ein Bajonett dazu und schließlich kam noch ein halb gefülltes Glas auf den Tisch. Nur die Pfeife, die behielt er in seiner Hand.

Als Ruhe in den Reihen der Schüler eingekehrt war, begrüßte uns der Direktor, lobte alle für die schnelle Evakuierung der Schule. Dann erklärte der Schulleiter, dass es einen aktuellen Grund für den Übungsalarm gebe. Drei Schüler, denen er es nicht zugetraut hätte, so seine Worte, hätten aus purer Dummheit beinahe eine Scheune in Brand gesteckt.

Wenigstens unterstellte er uns keine Absicht, dachte ich mir noch. Dann wurden mein Name und die der anderen beiden Jungen aufgerufen. Wir mussten vortreten und bekamen vom Direktor einen Tadel – vor der gesamten versammelten Schülerschar.

Auch der ABV kam noch zu Wort. Er riet allen zur Wachsamkeit in Sachen Brandschutz. Dann warnte er uns davor, als junge Menschen durchs Rauchen der eigenen Gesundheit zu schaden. Unser Glas reichte er bei den Lehrern, die hinter den beiden standen, herum.

Mit dieser Aktion hatte ich meinen oder hatten wir unseren Ruf an der ganzen Schule weg. Wir waren fortan die „Unkrautraucher". Die einen fanden es interessant und biederten sich in den Hofpausen an, andere winkten lachend ab und einige sahen mich verächtlich an. Für sie war ich einer, der aus dem Westen gekommen war, um Brände zu legen.

Bevor die Herbstferien, die man in der Gegend Kartoffelferien nannte, begannen, schaffte ich es wenigstens, etwas Eindruck beim Direktor zu schinden. Ich legte ihm wie von Vater aufgetragen, meinen fertigen Aufsatz über die „Vor- und Nachteile des Feuers" vor und bat ihn höflich, das zu unterschreiben.

Offenbar fehlte es ihm an Zeit, meine Arbeit durchzulesen. Er griff zu einem Kugelschreiber und unterschrieb, meinte aber: „Alle Achtung! Richte Deinem Vater bitte aus, dass ich diese Erziehungsmaßnahme sehr begrüße". Auch den ABV ließ ich wie vorgegeben unterschreiben.

Aber er war etwas weniger überrascht als der Direktor von dieser Strafe und legte ebenfalls keinen Wert darauf, den Aufsatz durchzulesen. Wahrscheinlich hatte er schon durch meine Eltern davon erfahren oder diese Maßnahme gemeinsam mit unserem Vater ausgeheckt. Auf jeden Fall hatte ich als nunmehr Zwölfjähriger diese Aufgabe wie gewünscht erfüllt und Nichtraucher war ich von nun an für lange Zeit auch.

Kartoffelferien

Im Geschichtsunterricht lernten wir, dass in der Gesellschaftsordnung des Feudalismus auch die Kinder der hörigen Bauern auf den Feldern der Adligen hart zu schuften hatten, anstatt zur Schule gehen zu können. Wie gut hatte es die junge Generation dagegen doch im realen Sozialismus – wo sie mit Filzlatschen an den Füßen in hellen und beheizten Schulen lernen durfte.

Wenn nicht gerade Herbstferien waren! Dann galt es auch für den Nachwuchs im Arbeiter- und Bauernstaat bei Wind und Wetter auf dem Acker zu schuften. Aber immerhin war die Teilnahme freiwillig und die Arbeit wurde bezahlt. Die Felder gehörten auch nicht dem Adel oder der Kirche, sondern meistens den Genossenschaften. Aufgabe der jungen Erntehelfer war es, mit ihren eigenen Händen die zuvor maschinell aus dem Boden gerissenen Kartoffeln vom Acker zu sammeln.

Wir Kinder und Jugendlichen aus der Waldrandsiedlung, oder vielmehr diejenigen, die in den Herbstferien auch Kartoffeln sammeln wollten, fanden uns morgens um acht Uhr an der Bushaltestelle, wo sonst der Schulbus hielt, ein. Von uns waren Peter, Amke, und ich dabei, die drei jüngeren Geschwister blieben zu Hause. Ein Jahr später machte auch Monika mit.

Ich hätte mich gern gedrückt, schon allein, um in den Ferien endlich mal wieder länger schlafen zu können. Aber die Neugierde war letztlich größer. Geld konnte ich ebenfalls gebrauchen. Also kam ich mit. Mutter hatte uns etwas zum Essen eingepackt und Tee in Schraubflaschen abgefüllt.

Von unseren Freunden aus dem Dorf wussten wir, dass man sich zur Feldarbeit um diese Jahreszeit am besten alte, aber warme Sachen anzieht. Ich trug über meinem Pullover eine Trainingsjacke und von den Hosen hatte ich mir meine älteste Blue Jeans rausgekramt. Darunter trug ich eine Trainingshose. Dass ich die „gute Westjeans" für den Acker anzog, wurde dann auch gleich von zwei Frauen aus der Feldbaubrigade, die an der Haltestelle mit uns warteten, kritisch kommentiert. „Euch geht es wohl zu gut. Solch eine kostbare Hose zieht man doch nicht auf dem Acker an", bemerkte eine der Frauen. Ich sagte nichts dazu. Sollten sie doch meckern. Denn es war ja gar nicht meine beste Jeans. Oma hatte mit den letzten Westpaketen gerade erst neue Hosen für uns Kinder mitgeschickt.

Dieses Mal kam kein Bus, in den wir einsteigen und auf bequemen Sitzen Platz nehmen konnten. Ein Traktor mit einem offenen Anhänger, auf dem ein paar Strohballen lagen, stoppte an der Haltestelle.

Der Traktorist, wie die Treckerfahrer in der DDR genannt wurden, stieg bei laufendem Motor aus seinem Fahrzeug und kletterte über die Deichsel auf den Anhänger. Dann wies er uns an, es genauso zu machen. Er selbst stand dann oben und reichte jedem helfend die Hand. Als alle Erntehelfer auf den Strohballen Platz genommen hatten, kletterte der

Traktorist wieder in seinen Famulus und fuhr los.

Unsere Tour führte zunächst ins Dorfzentrum zum Gutshaus. Dort hatte die LPG so etwas wie ihr Hauptquartier. Das Büro der Leitung befand sich im alten Herrensitz. In dem Gebäude untergebracht waren ebenso der Kindergarten, der Dorfkonsum, die LPG-Küche, ein Speiseraum sowie ein großer Saal. Darin spielte sich sonst das kulturelle Leben des Dorfes ab, vom Landkino über den Kinderfasching, von der Rentnerfeier bis hin zum Erntefest.

Unsere seltsame Fuhre hielt auf der Freifläche vor dem Gutshaus. Im Keller befand sich die Küche, direkt neben der großen Freitreppe. Sie war auch vom Hof aus erreichbar. Der Traktorist stieg wieder aus und machte in unsere Richtung eine Handbewegung, mit der er andeutete, dass wir sitzen bleiben sollten. Er verschwand in der Küche. Kurze Zeit später reichte er drei große Körbe, die mit Blechbehältern und Päckchen gefüllt waren, zu uns hoch.

Zuletzt hievte er zusammen mit einem anderen Mann einen dunkelgrünen runden Thermobehälter auf den Anhänger. Es war nicht allzu schwer zu erraten, was da alles aufgeladen wurde. Es war Proviant, den die LPG-Küche für uns Erntehelfer zubereitet hatte.

Der Mann, der unserem Treckerfahrer geholfen hatte, trug eine schwere braune Lederjacke. Er musterte uns auf dem Wagen mit kühlem Blick, nickte aber einer der Frauen lächelnd zu und bestieg dann ein zweisitziges Motorrad mit Beiwagen. Damit fuhr er knatternd davon. Auch unser Gefährt setzte sich in Bewegung.

Vom Gutshof über die Dorfstraße und Feldwege und ein Stück quer durch ein riesiges Stoppelfeld zog der Traktor den Anhänger. Am Rand eines kleinen Waldes hielt unsere sonderbare Fuhre. Nicht weit von uns wartete ein frisch gerodeter Kartoffelacker auf uns.

Der Mann in der Lederjacke, der mit seiner Maschine schon vor uns angekommen war, stellte sich als zuständiger Brigadier vor. Zusammen mit dem Traktoristen half er uns beim Aussteigen und drängte dabei zur Eile.

„Zügich Jungchen! Zügich muss das jehen", wetterte er in einem mir bis dahin unbekannten Dialekt, als ich beim Absteigen etwas umständlich agierte.

Der Proviant blieb vorerst auf dem Anhänger. Den koppelte der Traktorist von der Zugmaschine ab und ließ ihn auf dem Weg stehen. Nebenan auf dem Kartoffelacker warteten zwei andere Traktoren mit Hängern sowie ein Pferdegespann auf uns.

Unsere Gruppe folgte dem Brigadier bis zum Ende des Feldweges. Hier standen oder saßen weitere Erntehelfer, die zuvor aus anderen Dörfern und Ortsteilen hergebracht worden waren. Zusammen waren wir knapp 30 Leute, etwa 20 Schüler und 10 Frauen von der Feldbaubrigade. Gemeinsam gingen wir über das letzte Ende des Stoppelfeldes zum Kartoffelacker.

Dort lagen sie, gelb aus der dunkelbraunen Erde hervorleuchtend, große und kleine, in großen Mengen auf dem frisch gerodeten Feld. Zuvor hatte ein von einem Traktor gezogenes Gerät mit zwei runden Scheiben, ein sogenannter Siebkettenroder, die Knollen ausgebuddelt, die dabei mit aufgenommene Erde ausgesiebt und anschließend die kostbaren Erdfrüchte wieder abgelegt. Zum ersten Mal in meinem Leben sah ich so viele Kartoffeln auf einmal auf einem Feld liegen.

Es war aber auch das erste Mal überhaupt, dass ich als Kind eine reguläre Arbeit zu leisten hatte. Dafür wurde ein Lohn gezahlt, der von meinem eigenen Sammelertrag abhing. Zwar hatte ich zuvor schon in unserer Gaststätte in Bremerhaven mit kleinen Handreichungen geholfen und dafür von meinen Eltern Taschengeld bekommen. Das hier aber war etwas Anderes.

Der Feldbaubrigadier schickte eine der Frauen zu uns Neulingen, um das System beim Kartoffelsammeln zu erklären. Sie legte gleich los: „Jeder Sammler bekommt hier solch eine Molle". Dabei hielt sie eine etwas längliche Kiste aus schmalen Holzlatten in der Hand, die unten rund war und die Form eines halbierten Fasses hatte. In eine solche Molle passten etwa 10 bis 12 Kilogramm Kartoffeln.

Weiter erklärte sie, dass jeder in seiner Reihe zu bleiben hätte, die ihm zugeteilt worden ist. Alle Kartoffeln, auch die kleinen Exemplare, seien in die Molle zu packen. „Wenn diese voll ist, dann ruft Ihr laut ‚Molle'! Dann kommt der Ausschütter, bringt Euch eine leere Kiste und leert die volle am Anhänger aus. Für jede volle Molle bekommt der Sammler eine solche Blechmarke vom Ausschütter." Dabei hielt sie eine dünne mit einfacher Prägung versehene Münze hoch.

„Und woher bekommt der Ausschütter die Marke?". Obwohl das gar nicht meine Aufgabe war, wollte ich das wissen. „Der bekommt sie bei jedem Leeren einer Molle von dem älteren Herrn auf dem Anhänger", lautete die plausible Erklärung. Den leichten, aber wichtigen Job zum Verteilen der Blechmarken auf dem Kutschbock übernahmen meistens Senioren. Sie verdienten sich damit etwas zur kargen Rente hinzu.

Für jede Marke, die wir zum Feierabend beim Brigadier abrechneten, wurden uns Beträge zwischen 10 und 14

Pfennig gutgeschrieben. Wie viel es für eine Marke gab, hing davon ab, ob es sich um ein ertragreiches Feld – dann gab es weniger – oder einen Acker mit normalem oder geringem Ertrag handelte. Zum Sammelgeld kam noch für jeden Helfer pro Arbeitsstunde eine Mark Stundenlohn dazu.

Denn es kam nicht selten zu Stillstand, weil mitunter kein leerer Wagen zur Stelle war, wenn unsere Fuhre schon voll war. Oder wenn ein Feld abgesammelt war, lag das nächste nicht immer gleich in greifbarer Nähe. Meistens mussten wir erst hingefahren werden. Bevor es dieses Mal losging, teilte der Brigadier jedem der fünf Ausschütter die Sammler und Letzteren die Reihen zu.

Den Job, die vollen Mollen zum Wagen zu schleppen, bekamen nur die Kräftigsten. Für mich war das nichts. Mein Bruder Peter aber wurde gleich zum Ausschütter bestimmt.

Aber ich gehörte nicht zu seinen Sammlern. Er war zusammen mit einem älteren Mann den Frauen aus der Feldbaubrigade zugeteilt. Die freuten sich darüber, einige von ihnen flirteten gleich mit ihm.

Ich erwischte eine der Reihen, die vom Anhänger, auf den die Kartoffeln abzuladen waren, am weitesten weg war. Das störte mich erstmal nicht. So konnte ich nicht aus Versehen unter die Hufe der Pferde geraten. Der erste Wagen wurde von zwei dicken Ackergäulen gezogen.

Der Brigadier ging nochmal rum und schenkte jedem Sammler zwei von den Alumarken „als Startkapital". Auch die Ausschütter bekamen zum Anfang von ihm je drei Marken. Dann nahm der Brigadier zwei Finger zwischen die Zähne und pfiff laut. Das war das Startzeichen zum Sammeln. Ein paar Minuten später fuhr unser Chef mit seinem Motorrad davon.

Das Einsammeln der nach torfhaltiger Erde riechenden Knollen war für mich schwerer, als ich vorher vermutet hatte. Es gelang mir erst nicht so recht, die Arbeit auf den Knien kriechend in einem gleichmäßigen Tempo zu erledigen.

Entweder legte ich zu stürmisch los, um nach wenigen Minuten schlapp zu machen oder ich war insgesamt zu langsam und fiel weit hinter die anderen zurück. Dadurch hatte der Ausschütter einen weiteren Weg zu mir. Das wiederum führte dazu, dass ich, wenn ich eine „Molle" anmeldete, oft länger warten musste.

Die Ausschütter, bis auf den älteren Herren alles Jugendliche in Peters Alter, nutzten ihre Rolle gern mal aus, um Mädchen unter den Sammlern zu beeindrucken.

So wurde denen, die sie sich auserkoren hatten, die eine oder andere halbleere Molle abgenommen. Einige Male konnte ich beobachten, wie ein Ausschütter seiner Auserwählten zwei Marken für eine Molle gab. Wie konnte das angehen? Der Vorrat an Startmarken musste da schon längst aufgebraucht sein. Aber ich bekam raus, wie der Trick funktionierte, mit dem die Ausschütter an zusätzliche Marken kamen.

Der Erfolg hing mit davon ab, wie wachsam die Person auf dem Kutschbock des Pferdegespannes war und wie gut die Träger zusammenarbeiteten. So näherte sich der eine mit voller Molle so auffällig wie möglich dem Wagen, um die Aufmerksamkeit des Aufsehers auf sich zu lenken. Zur selben Zeit brauchte ein anderer Ausschütter nur hinten mit einer leeren Kiste gegen den Anhänger zu klopfen und sich anschließend mit ausgestreckter Hand zum Kutschbock zu begeben. Dort nahm er für seinen vermeintlich im Rücken des Aufpassers geleerten Korb die Münze in Empfang. Beim nächsten Mal wurden die Rollen getauscht.

So hatten die meisten Ausschütter immer genug Alumarken in Reserve, um sie guten Freunden oder der Auserwählten zuzustecken. Nur übertreiben durften sie es damit nicht. Das Schummeln lohnte sich auch finanziell. Denn die Träger wurden nach dem Durchschnittsertrag ihrer Sammler bezahlt.

Als ich Jahre später in der Studienzeit bei einem Ernteeinsatz selbst mal als Ausschütter eingeteilt war und mitbekam, wie schwer der Job war, schummelte ich auch. Nicht um des Profites wegen, sondern natürlich nur, um Mädels zu beeindrucken.

So viele Marken hatte ich in den frühen Stunden meines ersten Sammeleinsatzes nicht zusammen – höchstens zwei Dutzend. Da kam der Brigadier auf seiner zweisitzigen BK zurück. Nachdem er angehalten hatte, pfiff er und rief in seinem Dialekt laut etwas, das wohl „Frühstück!" bedeuten sollte. Aus dem Beiwagen kramte er die Körbe mit den Proviantpaketen. Den Thermobehälter, in dem sich warmer Tee befand, hob er zusammen mit dem älteren Ausschütter auf den Boden.

Wir setzten uns an den Feldrand und genossen die Pause. Um unsere eigene Verpflegung zu holen, hätte einer von uns zurück zum Anhänger laufen müssen. Aber das brauchten wir nicht. Denn die LPG-Küche hatte genug für alle zubereitet. Die Brote waren mit Zutaten wie Käse, Leberwurst und Teewurst dick belegt. Das ließen wir uns schmecken, ebenso wie den Tee. Dann sah der Brigadier zur Uhr und trieb uns zur Eile an. Bevor er wieder mit dem Motorrad davonfuhr, sagte er: „Um halb zwelf missen alle pinktlich am Hänger sein. Dann bringt Eich der Trecker ins Schloss zum Mittachbrot", wobei er beim letzten Wort das „r" deutlich rollte.

Die Aussicht auf eine baldige etwas längere Pause spornte mich an. Amke, die mit ihrer Reihe gut vorn lag, half mir anfangs, meinen Rückstand aufzuholen und dann hatte auch ich bald den Bogen raus und das richtige Arbeitstempo.

Als wir uns kurz vor halb zwölf auf den Weg zum Anhänger machten, hatte ich dreimal so viel Marken zusammen wie vorher zur Frühstückspause. Von der ungewohnten Arbeit leicht ermüdet, musste ich aufpassen, bei der Schaukelei auf dem Anhänger nicht einzuschlafen.

Im Gutshaus angekommen, erwartete uns im Speiseraum unser verdientes Bauernmahl – riesige panierte Schweineschnitzel mit Kartoffeln und grünen Bohnen. Und zum Nachtisch gab es Rote Grütze mit Vanillesauce und für jeden von uns eine Flasche „Vita Cola". An diesem Tag schmeckte mir die

Ostcola, für die ich sonst nur abfällige Bemerkungen übrighatte, zum ersten Mal.

Probiert hatte ich das Getränk erstmals im Sommer und sofort wieder ausgespuckt. Dass man das Gebräu, das im Geschmack Hustensaft nahekam, als Cola bezeichnete, empfand ich, der mit Coca-Cola und Pepsi aufgewachsen war, als Hochstapelei. Aber nach einem anstrengenden Vormittag auf dem Acker genoss ich die Vita wie eine echte Coke.

Am Nachmittag wurde das Wetter noch besser, ein goldener Herbst bahnte sich an. Zwischendurch mussten wir auf dem Feld eine Zwangspause einlegen. Der Wagen war voll und leerer Nachschub ließ auf sich warten. Kurz vorher waren zwei Traktoren zu einem anderen Feld beordert worden.

Wir nutzten indes die Zeit und trugen trockenes Kartoffelkraut an einer Stelle des Ackers zusammen. Dann zündeten wir den Haufen an und legten ein paar Kartoffeln zum Garen in die Glut. Mit angespitzten Stöcken fischten wir sie später aus der heißen Asche, pellten die schwarz gewordene Schale ab und ließen uns unsere Feuerkartoffeln schmecken. Leider gab es diese Art Feldromantik nur selten zu erleben.

Ich arbeitete mich im Lauf der Woche als Sammler immer besser ein und so machte mir der Job zunehmend Spaß. Nur die alte Jeans hatte etwas gelitten. Aber das fand ich nicht so schlimm wie die beiden Frauen aus unserer Siedlung, die am Abend bei der Rückfahrt kopfschüttelnd die zerschundenen Stellen an meiner Westhose musterten. Trotzdem zog ich die Jeans weiterhin auf dem Acker an.

Allerdings hatte auch ich dann mit ein paar Kreuzstichen Stücken von Scheuerlappen als Knieschutz auf meine alte Jeans genäht. Das hatten wir uns von anderen Erntehelfern abgeschaut.

Unser freiwilliger Einsatz währte die ganze erste Ferienwoche. Am zweiten Tag hatte ich allerdings arge Probleme mit einem quälenden Muskelkater.

Auch in der Folgewoche wurden wir nochmal zum Sammeln gebraucht. Nur war der Job da weitaus beschwerlicher. Weil es am Wochenende vorher geregnet hatte, klebte viel Erde an den Kartoffeln.

Es war mühselig, sie jedes Mal erst abzuklopfen. So dauerte es, bis eine Molle voll wurde.

Dafür aber rechnete uns der Brigadier 18 Pfennig pro Kiste an. So viel gab es vorher noch nie. Nur der Trick der Ausschütter funktionierte dieses Mal nicht, weil nicht mehr der kurzsichtige Rentner, sondern die Frau aus dem Feldbau, die uns das System erklärt hatte, auf dem Kutschbock saß.

Nach sieben Tagen Ernteeinsatz hatte ich einen Lohn von rund 90 Mark zusammen. Es war mein erstes selbst und vor allem hart verdientes Geld! Einen Teil davon investierte ich in Zubehör und Ersatzteile fürs Fahrrad. Denn Peter hatte mir sein Rad geschenkt, das uns mit den Geräten aus den Westen zugeschickt worden war. Es musste nur wieder etwas aufgehübscht werden. Da kam mein Kartoffelgeld gerade recht!

An einem Ernteeinsatz der besonderen Art an einem Sonnabend im selben Herbst hat einmal unsere ganze Familie mitgewirkt. Sogar die Lütten kamen mit aufs Feld. Das gehörte dem einzigen

Einzelbauern, den es in der Gegend weit und breit gab. Er hatte sich nicht mit in die Genossenschaft drängen lassen und bewirtschaftete einen kleinen Hof. Zu dem gehörten etwas Vieh und ein paar Hektar Ackerland. Die Arbeit verrichtete er mit seiner Familie und zumeist mit veralteter Technik allein. Mein Vater hatte dem Bauern mal seinen alten Traktor, einen Pionier aus den 1950er Jahren, repariert und so waren sie ins Gespräch gekommen. Für die Kartoffelernte hatte der Einzelbauer nicht genug Leute bekommen und so wandte er sich an meine Eltern. Da sein Kartoffelacker nicht so groß war, wie die Flächen der LPG, war die Ernte an einem Tag schnell eingesammelt.

Nur eines hatte ich bei diesem Privateinsatz unserer Familie vermisst: Wir Sammler bekamen für die volle Molle keine einzige Alumarke. Am nächsten Tag, dem Sonntag, lud der Bauer uns alle zu einem üppigen Mittagessen ein. Unseren Einsatz vom Tag zuvor bezahlte er großzügig. Dazu gab es noch fünf Säcke

Speisekartoffeln, die wir im Keller in einem großen Verschlag einlagerten.

16. Kapitel

Winterstrapazen

Dem heißen Sommer und dem milden sonnigen Herbst folgte ein kalter, aber vor allem schneereicher Winter. Zwar hatte ich vorher schon an der Nordsee Erfahrungen mit Schnee und Eis gemacht.

Aber dieser erste Winter, den ich in unserer neuen Heimat im Osten erlebte, war um einiges heftiger. Kurz vor Weihnachten hatte es schon mal geschneit und kalt war es. Aber noch dicker kam es im Januar. Dann fiel so viel Schnee, dass die Traktoren der LPG es nicht mehr allein schafften, mit ihren dreieckigen Schneeflügen, die sie hinter sich herzogen, die Straßen im Dorf freizuhalten.

Es schneite ununterbrochen Tag und Nacht. Dazu setzte ein eisiger Wind ein, der für heftige Verwehungen sorgte. Unser Dorf war eingeschneit und vielen anderen in der Region erging es ähnlich.

Die Werkstatt des Kreisbetriebes für Landtechnik, in der Vater arbeitete, musste jetzt rund um die Uhr mit Schlossern besetzt sein, um die

Räumtechnik weiter in Gang zu halten. Aber das allein half nicht. Die LPG, der KfL und die Gemeinde stellten Männer und Frauen zu Arbeitsbrigaden zusammen. Diese bewaffneten sich mit Schaufeln und Schneeschiebern und sammelten sich an den Bushaltestellen, von wo aus es zu Fuß zu den Einsatzorten ging.

Mit purer Muskelkraft wurde den Schneemassen zu Leibe gerückt. Mein Vater schaufelte mit seinen Kollegen eine Zufahrtsstraße frei, die in ein größeres Dorf führte. Darüber kam man in die Kreisstadt. Dabei kämpften sich die Männer mit ihren primitiven Werkzeugen durch Schneewehen, die hoch wie Häuser waren. Doch über Nacht wehte der eisige Wind die frei geschaufelten Wege oft wieder zu.

Doch eines Morgens staunten die Helfer aus Vaters Schneebrigade nicht schlecht. Als sie sich auf ihren Fußmarsch begaben, um vermeintliche Verwehungen aus der vergangenen Nacht zu beseitigen, stellten sie fest, dass die Straßen frei waren. Mit ihren Filzstiefeln betraten sie eine festgefahrene Schneeschicht, in der sich ein unverkennbares Muster abzeichnete. Es handelte sich um die Abdrücke von Panzerketten.

Dann erzählte einer der Männer, der in der Mitte des Dorfes wohnte, dass am frühen Morgen zwei sowjetische Panzer, ausgestattet mit Schiebeschildern durch die Straßen gerattert seien. Sie waren aus Richtung Wittstock gekommen und zum Gutshaus gefahren. Dort hatten sie den großen Platz freigeschoben und eine Pause eingelegt. Die Frauen aus der LPG-Küche versorgten die Soldaten mit Tee, Schnaps und Essen. Wenig später rollten die Panzer wieder auf demselben Weg zurück. Wer den kurzen Räumdienst durch die Sowjets organisiert hatte, wusste niemand genau. Spekuliert wurde darüber, dass der LPG-Vorsitzende bei dieser Aktion seine guten Beziehungen zur Garnison in Wittstock hat spielen lassen.

Die Schneefälle ließen zunächst etwas nach und die Straßen blieben frei. Wir nutzten die Gelegenheit und fuhren mit unserem DKW nach Wittstock zu den Verwandten und zum Einkaufen.

Auf dem Rückweg auf halber Strecke querte plötzlich vor uns ein Hase die Fahrbahn. Doch Vater konnte – auch weil die Straße durch den vielen Schnee an den Rändern nicht mehr breit genug war – nicht so recht ausweichen. Der Bremsweg war auf der festgefahrenen Schneedecke ohnehin länger. Für den Hasen ging das nicht gut aus.

Vater stieg aus, um nach dem Tier zu sehen. Doch das humpelte nur wenige kleine Schritte von ihm weg. Damit war klar: Der verletzte Hase würde im Wald qualvoll verenden. Das aber galt es zu verhindern.

Vater nahm das Tier bei seinen langen Ohren und versetzte ihm mit einem Gegenstand, den er aus dem Auto geholt hatte, ein paar kräftige Schläge. Der Hase quiekte kurz, aber laut. Dann war er von seinen Qualen erlöst und landete hinten auf der Ablage unseres Kombi. Zu Hause ließ Vater das tote Tier ausbluten, zog ihm das Fell ab, trennte den Kopf ab, entfernte die Eingeweide und teilte den geschlachteten Hasen in Stücke. Mit

Ehrgeiz machte er sich anschließend in der Küche an die Zubereitung.

Als der Hasenbraten jedoch am nächsten Tag auf den Tisch kam, hatte von uns Kindern niemand Appetit auf die besondere Fleischration. Ich hatte nicht mal einen Bissen davon probiert. Und um Colaflaschen machte ich lange Zeit einen Bogen. Denn der Gegenstand, mit dem Vater dem Hasen den Todesschlag versetzt hatte, war eine volle Flasche Vita-Cola aus unserer Einkaufskiste.

Weiß blieb die Landschaft den ganzen Winter und so war es auf Straßen und Wegen ein beschwerliches Gehen. Auf dem Schulhof, am Bushaltehäuschen und anderen Stellen, legten zumeist ältere Jugendliche Schlitterbahnen an, für die ich mich jedoch nie begeistern mochte. Ich konnte auch nicht mit Schlittschuhen umgehen und deshalb hielt ich mich von Eisflächen und den glatten Bahnen, soweit es möglich war, fern.

Das eine Mal, bei dem ich mich dann doch überreden ließ, eine Bahn auf dem Schulhof entlangzuschlittern, konnte ich mein Gleichgewicht nicht halten und fiel der Länge nach hin. Ich landete direkt mit der Nase auf dem Eis.

Dass ich mich dabei zum Gespött der anderen machte, war in dem Moment nur mein zweites Problem, denn ich hatte mir die ganze Nase aufgescheuert. Die Wunde blutete nicht nur, es tat auch tierisch weh. Was sich verstärkte, als mir die Schulsekretärin eine Schicht Jod draufschmierte. Das schmerzte so, dass ich an die Decke hätte gehen können.

Einzige Genugtuung war für mich, dass der Hausmeister im Anschluss an meine Verletzung, während wir im Unterricht saßen, alle Schlitterbahnen auf dem Schulhof mit einem Gemisch aus Sand und Salz überschüttete. Das Lästern der Mitschüler über meine unfreiwillige Showeinlage auf dem Schulhof dauerte etwa so lange, bis die Wunde auf der Nase verheilt war.

Eisflächen blieben danach für mich tabu. Das hat sich bis heute nicht geändert.

Mitten in den Winter hinein, als die Menschen in der eher minderversorgten Provinz genug Probleme hatten, den

Alltag zu meistern, breitete sich eine heftige Grippewelle aus. Irgendwann erwischte sie jeden. Auch in unserer Familie lagen alle flach, nur ich blieb noch vom Virus verschont. Womit meine Verantwortung innerhalb des Familienalltags schlagartig anstieg.

Das Nötigste zur Versorgung, Brot und andere Grundnahrungsmittel aus dem Dorfkonsum zu holen, der sich im Gutshaus befand, war keine Heldentat. Aber das Sortiment des kleinen Ladens hielt sich in Grenzen. Manchmal reichten ein paar Schneeflocken und die Fahrzeuge, die sonst den Konsum belieferten, setzten sich gar nicht erst in Bewegung.

Unsere Eltern hatten längst ein besseres Geschäft entdeckt. Das befand sich in einem Dorf, das auf dem Weg in die Kreisstadt lag. Es war jedoch über acht Kilometer von unserer Siedlung entfernt.

Aber der Laden hatte ein wesentlich besseres Sortiment als unser Dorfkonsum anzubieten. Offenbar hatte der Filialleiter mehr kaufmännisches Talent. So wurden wir Stammkunden bei ihm. Da durften wir bei ihm dann auch „anschreiben lassen", wenn das Geld mal knapp war.

Das Einkaufen auf Pump in den Tagen vor der Auszahlung des Lohnes war damals völlig normal auf dem Land. Wir waren dabei sicher nicht die einzigen Kunden, die den zinslosen Service in Anspruch nahmen, wenn „am Ende des Geldes noch etwas Monat übrig" war.

Weil in unserem Dorfkonsum der Warenbestand im Winter rapide abnahm, fragte Mutter mich, ob ich es mir zutrauen würde, allein im entfernteren Nachbardorf einzukaufen. Um die acht Kilometer mit dem Fahrrad zurückzulegen, war es auf den Straßen zu glatt. Es blieb mir nichts anderes übrig. Ich musste mit dem Schlitten loszuziehen. Auf den band ich eine größere Kiste, in die dann die Ware kommen sollte.

Mit einer langen Einkaufsliste und einem Zettel meiner Mutter, in dem sie darum bat, den Betrag anzuschreiben, begab ich mich an einem Vormittag in den Winterferien auf den langen Weg. Zwischendurch schneite es ein bisschen, aber der Weg war nicht so beschwerlich, wie ich es befürchtet hatte. Nach nicht einmal zwei Stunden war ich an meinem Ziel angekommen.

Ich bekam in dem Laden so ziemlich alles, was auf der Liste stand. Dem Verkäufer erzählte ich, dass zu Hause alle krank seien. Da packte er – ohne es zu berechnen – noch eine kleine Flasche Rumverschnitt mit ein und trug mir auf, meinen Eltern die besten Grüße und Genesungswünsche auszurichten.

Von der Familie wurde ich nach meiner Rückkehr freudig begrüßt. Diese „Heldentat" rechneten die Eltern mir hoch an und erzählten später noch oft davon.

Offiziell waren die Winterferien nach drei Wochen zu Ende, der Unterricht wurde trotzdem nicht fortgesetzt. Es mangelte in der Region an Kohlenbriketts, um Schule, Sporthalle und Schulküche zu beheizen. So wurden an die Winterferien zwei Wochen „Kohlenferien" drangehängt. Es war das erste und blieb das einzige Mal, dass ich als Schüler solche „Zwangsferien" erlebte.

Als später das Tauwetter einsetzte und wir wieder mit dem Unterricht fortfuhren, waren viele Lehrer schlecht gelaunt. Sie befürchteten, den im Lehrplan vorgegebenen Unterrichtsstoff nicht zu schaffen. Deshalb bürdeten sie uns mehr Hausaufgaben auf als üblich. Aber da war ich sowieso Spezialist. Entweder erledigte ich die Aufgaben morgens im Schulbus oder überhaupt nicht.

17. Kapitel

Das Referendum

Den sozialistischen Staat DDR sahen weder meine Eltern noch ich als Heranwachsender in den späten 1960er Jahren kritisch und distanziert genug. Gegen die reine Idee des Sozialismus hatten wir nichts. Sonst wären wir wohl auch nicht hergekommen. Das war unsere Devise.

Dass um uns herum viele Bürger gegenanredeten, störte mich manchmal sogar. Wie soll aus einer Idee etwas werden, wenn nicht alle mitzogen? Aber dann tat die Mehrheit der Bevölkerung es vermeintlich doch.

Ein einschneidendes Datum in der Geschichte der DDR war der 6. April 1968. An diesem Samstag ließ sich die Sozialistische Einheitspartei Deutschlands (SED), die bereits auf allen Ebenen den Ton angab, die „führende Rolle" auch noch per Volksentscheid in die Verfassung schreiben. Es gab zwar formell die Möglichkeit „Nein" anzukreuzen. Das trauten sich laut offiziellem Ergebnis angeblich nur 5,5 Prozent.

So war der 6. April 1968 ein Meilenstein auf dem Weg zur Vollendung der „Diktatur des Proletariats". Aber was hat meine Familiengeschichte damit zu tun?

Es war die Abstimmung und schon die Zeit vor dem „Volksentscheid", in der wir es mal wieder schafften, Staub aufzuwirbeln.

Im Vorfeld rund um diesen Volksentscheid fanden staatlich organisierte „Demonstrationen" statt. Auch Peter und Amke sollten mit ihren Klassen per Bus nach Wittstock gekutscht werden, um dort auf einer Großdemo der Freien Deutschen Jugend mit dem Slogan zu werben „Sagt Ja zur Verfassung!".

Anstelle von Unterricht sollte es einen Klassenausflug in die Kreisstadt geben. Angeordnetes Schulschwänzen! Dagegen kann niemand etwas haben. Doch! Unser Vater war dagegen! Er verbot meinen Geschwistern, an der Demonstration teilzunehmen. Nicht, weil er auf einmal Widerstand gegen das System leisten wollte. Vater hatte einen anderen Grund und den teilte er schriftlich dem Direktor unserer Schule mit. Der Schulleiter war zufällig Mitglied in einem wichtigen Parteigremium der SED auf Kreisebene.

Die Begründung, die Vater in seinem Schreiben formulierte, klang logisch: „Ich kann meinen Kindern die Teilnahme an der Demonstration für einen Volksentscheid über eine neue DDR-Verfassung nicht erlauben, weil wir noch gar keine Bürger der DDR sind. Weder meine Frau noch ich dürfen das Wahlrecht eines DDR-Bürgers ausüben, weil wir offiziell noch immer als Bürger der Bundesrepublik Deutschland gelten. Deshalb macht eine Teilnahme unserer Kinder an den Demonstrationen auch keinen Sinn."

So lautete späteren Erzählungen nach der Inhalt des Briefes.

Dem Schreiben und dem Demoverbot für meine Geschwister war eine Anfrage der Eltern an die Abteilung Inneres beim Rat des Kreises vorausgegangen. Sie wollten wissen, wann sie ihre Wahlbenachrichtigung für die Teilnahme am Volksentscheid bekommen würden. Kollegen und Nachbarn hatten ihnen erzählt, dass die Wahlkarten schon verteilt worden waren. Meine Eltern hatten jedoch keine bekommen.

Aus gutem Grund: Denn die DDR-Staatsbürgerschaft, die Voraussetzung für die Ausübung des Wahlrechts gewesen ist, bekam man als Übersiedler frühestens nach einem Jahr Aufenthalt. Wir aber waren offiziell erst im Juni 1967 in die DDR aufgenommen worden. Denn der erste chaotische Grenzübertritt zählte ohnehin nicht.

Formell betrachtet waren meine Eltern einfach noch nicht dran, ihre neuen Papiere zu bekommen und damit ihr Wahlrecht ausüben zu dürfen. Es war ihnen also kein Unrecht geschehen. Aber Vater – mit einem norddeutschen Dickschädel ausgestattet, den er auch uns Kindern vererbt hat – hatte sich in den Kopf gesetzt, die vorzeitige Erlangung der Rechte eines DDR-Bürgers zu erstreiten.

Das mag man aus heutigem Blickwinkel für schräg halten. Aber dahinter steckte das Motiv, endlich in dem

Land, in dem wir lebten, vollwertig dazuzugehören.

Dass man aber meinen Eltern nicht gestatten wollte, beim Volksentscheid mit abzustimmen, das wurmte Vater. Also entschloss er sich, das System mit seinen eigenen Mitteln zu schlagen. Was ihm auf diese Weise auch tatsächlich gelang.

Der Direktor war sogar extra zu uns nach Hause gekommen. Er wollte sich vergewissern, ob Vaters Brief ernst gemeint war. Er sprach lange mit unseren Eltern. Danach nutzte er seinen Einfluss auf Kreisebene, um diesen besonderen Fall an entscheidender Stelle vorzutragen.

Dann hörten wir eine Weile nichts mehr von der Sache. Nur unser Onkel aus Wittstock, der als Kreischef der Organisation Deutsch-Sowjetische Freundschaft selbst im Parteiapparat gut vernetzt war, äußerte seine Befürchtungen, dass der Schuss nach hinten losgehen könnte.

Das Demoverbot für meine Geschwister und die schriftliche Begründung dazu waren längst in der Behörde gelandet, die für uns Übersiedler zuständig war. „Was ihr da gemacht habt, hat in einigen Stellen ganz schön für Aufregung gesorgt", wusste der Onkel zu berichten. Ein bisschen bangte er wohl auch um das eigene Image.

Dass die Karriere ein jähes Ende finden kann, wenn Verwandte, die dazu aus dem Westen kommen, Mist bauen, das wusste der erfahrene Genosse und Berufsfunktionär.

Andererseits hatte er uns von Anfang an in vielerlei Dingen unterstützt, manchmal auch mit seinen Beziehungen. Ohne ihn wäre vieles für uns schwerer gewesen.

Doch es kam so, wie Vater es mit seinem Dickschädel geplant hatte. Einen Tag vor dem Volksentscheid, an einem Freitagvormittag, fuhr eine Limousine vor unserem Haus in der Waldrandsiedlung vor. Aus dem nagelneuen Moskwitsch 408, ein Pkw sowjetischer Fabrikation, den man bis dahin in der ganzen Gegend noch nicht gesehen hatte, stiegen zwei Männer in Zivil aus. Sie baten unsere Eltern, sie zu begleiten.

Das wussten aber beide bereits, denn eine Frau aus der Behörde hatte vorher schon beim KfL angerufen und darum ersucht, Vater für den Rest des Tages von der Arbeit freizustellen.

Der war zwischendurch schon nach Hause gekommen und hatte sich umgezogen. So stiegen beide zu den Männern in den dunkelroten Moskwitsch, mit dem sie nach Wittstock zum Rat des Kreises gefahren wurden.

Höflich wurden ihnen dort die neuen Personalausweise mit dem DDR-Emblem sowie die Wahlkarten für das Referendum ausgehändigt. Die vorläufigen Ausweise, mit denen man sie noch im Aufnahmeheim Pritzier gegen Abgabe der bundesdeutschen Pässe ausgestattet hatte, gaben sie wieder ab. Wir waren somit gut zweieinhalb Monate vorfristig Bürger der DDR geworden. Erzählen konnte man das später nur wenigen. Kaum einer hätte es verstanden.

Für den Umtausch der Führerscheine und der Fahrzeugzulassung war die Volkspolizei zuständig. Von ihrem Besuch dort erzählte Vater später folgende Begebenheit: Einem Polizisten in der Abteilung des Kreisamtes hatte er die alten bundesdeutschen Führerscheine der Eltern auf den Tisch gelegt und gesagt: „Wir wollen unsere Führerscheine umtauschen." Daraufhin hat der Polizist knurrend geantwortet: „Einen Führerschein gibt es bei uns nicht. Der Führer ist tot und der Schein ist verbrannt. Bei uns heißt das Fahrerlaubnis und die können Sie in einer Woche bei mir abholen."

Dass die Formalitäten rund um unsere neue Staatsbürgerschaft geklärt waren, hatte einen nicht unwesentlichen Vorteil für die Familie. Jetzt durften wir eine Aufenthaltsgenehmigung für Besucher aus dem Westen beantragen. Damit war formal der Weg geebnet, dass uns unsere Großeltern endlich besuchen konnten. Dafür allein hatte sich die ganze Aktion dann doch gelohnt. Wer weiß? Vielleicht war es unseren Eltern auch von Anfang an mit darum gegangen.

18. Kapitel

Westbesuch

Endlich war es so weit! Wir würden ein Jahr nach dem Umzug vom Westen in den Osten unsere Großeltern wiedersehen. Einen festlichen Anlass gab es dafür auch. Meine Schwester Amke feierte Jugendweihe. Mit dieser staatlich organisierten Zeremonie wurden die meisten jungen DDR-Bürger im Alter von 14 Jahren „in den Kreis der Erwachsenen" aufgenommen. Zeitlich versetzt, jedoch etwa im selben Alter, feierten die Sprösslinge religiöser Familien die Konfirmation. Das jedoch betraf in unserer Region eine kleine Minderheit.

Unsere Eltern waren aber schon vorher im Westen offiziell aus der Kirche ausgetreten. Deshalb kam für uns die Konfirmation, obwohl wir alle evangelisch getauft waren, nicht in Frage. Der Einzige von uns, der im Westen noch konfirmiert worden war, war Peter.

Nun aber stand Amkes Jugendweihe bevor. Rechtzeitig wurde die Aufenthaltsgenehmigung für Oma und

Opa beantragt und sofort nach Erhalt per Einschreiben zu ihnen geschickt. Vier Wochen durften beide laut dieser Genehmigung bleiben. Die Vorfreude auf das Wiedersehen war riesig.

Opa fuhr damals zwar selbst Auto und besaß einen feschen Ford Taunus 17 M. Aber uns mit dem Wagen zu besuchen, traute er sich beim ersten Mal noch nicht. Deshalb reisten die Großeltern mit dem Zug. Um sie von der Bahn abzuholen, fuhren wir mit zwei Autos. Der Onkel aus Wittstock half mit seinem Dienstwagen, einem älteren Moskwitsch, aus.

Unser Ziel war der Bahnhof in Wittenberge. Dort hielten jene Fernzüge, die zwischen West und Ost verkehrten, die man auf westlicher Seite „Interzonenzug", und im Osten „Rentner-Express" nannte. Denn ab 1964 durften DDR-Bürger in den Westen reisen, wenn sie das reguläre Rentenalter – 65 Jahre bei Männern und 60 Jahre bei Frauen – erreicht hatten. So waren die meisten Reisenden in den Ost-West-Zügen Senioren aus der DDR.

Auf einen dieser Fernzüge warteten wir geduldig auf dem Bahnsteig in Wittenberge.

Dann kündigte über Lautsprecher eine quakende Stimme das Eintreffen des Zuges aus Hamburg zur Weiterfahrt nach Berlin an. Kurz darauf düste der Reisezug, gezogen von einer großen Diesellok, in den Bahnhof. Mit laut quietschenden Bremsen kam er endlich zum Stehen.

Direkt vor meiner Nase hielt der dritte Wagen des Zuges. Als sich die Tür öffnete, standen etwas erhöht im Waggon Oma und Opa direkt vor mir. Das lang ersehnte Wiedersehen mit unseren Großeltern trieb nicht nur mir vor lauter Glück die Tränen in die Augen. Wie lange die Begrüßung auf dem Bahnsteig mit vielen Umarmungen dauerte, weiß ich nicht mehr. Danach verließen wir den Bahnhof und stiegen in die auf dem Vorplatz geparkten Autos. Von Wittenberge ging es aber nicht gleich zu uns nach Hause, sondern erst einmal auf die Fernverkehrsstraße F5 (heute B5) bis in die Nähe der Stadt Perleberg.

In der Ortschaft Quitzow nahe Perleberg befand sich damals direkt an der Fernroute eine Raststätte. Darin war ein Intershop untergebracht. Dort kauften unsere Großeltern für harte Währung die üblichen begehrten Sachen wie Kaffee, Kakao, Zigaretten, Schokolade und Westseife ein.

Denn unsere Vorräte aus den letzten Paketen waren längst aufgebraucht. Zwar tranken meine Eltern im Alltag inzwischen den Ostkaffee der Marke Rondo. Aber mit dem Aroma von Westkaffee konnte der nicht mithalten.

Nach dem Einkauf im Intershop galt es dann eine Formalie zu erledigen. Die Großeltern mussten ihr Eintreffen beim zuständigen Volkspolizeikreisamt anmelden. Den Tausch von D-Mark in DDR-Mark, wie es die Devisenbestimmungen Westbesuchern schon damals vorschrieben, mussten sie jedoch nicht nachweisen. Als Rentner waren beide vom „Mindestumtausch"[3] befreit.

Oma und Opa endlich wieder in unserer Nähe zu haben, war besonders schön für uns Kinder. Wir machten sie, soweit es ging, mit unserer neuen Umgebung vertraut, auch wenn ihr Aktionsradius etwas eingeschränkt war.

Denn große ausgedehnte Spaziergänge waren mit ihnen nicht möglich. Opa litt vom Kindesalter an unter einer Gehbehinderung. Er brauchte deshalb immer einen Handstock oder eine Krücke zum Gehen. Trotzdem war er oft mit uns Kindern draußen. Schließlich waren wir seine heimlichen Verbündeten gegen die Strenge unserer Oma. Sie achtete darauf, dass Opa am Tag nicht zu oft in seine Zigarrenkiste griff, um eine seiner „Handelsgold" zu genießen und zählte den Bestand genau nach.

Wir Kinder bekamen mehr als einmal mit, wie Oma unserem Opa Vorhaltungen machte, weil er „schon wieder" eine Zigarre rauchte. Dabei lag sein letztes Rauchvergnügen Stunden zurück. Aber warum sollte er keine „schmöken", wenn es ihm schmeckte? Wir Kinder hatten nichts dagegen und schmiedeten einen Plan, wie wir Opa den Aufenthalt bei uns so angenehm wie möglich bereiten konnten. Gemeinsam kramten wir unser Taschengeld zusammen und besorgten für Opa Zigarren der Marken „Diplomat" und „Jagdkammer" aus dem DDR-Sortiment. Um den Kauf kümmerte sich Amke. Die Verkäuferin im Konsum glaubte ihr, dass sie die nicht selbst rauchen würde. Als wir die Zigarren hatten, wurde von uns Kindern keine Gelegenheit ausgelassen, mit Opa draußen „spazieren" zu gehen. Selbst die Lütten beteiligten sich an diesen Alibi-Spaziergängen, damit der Großvater in Ruhe seine Zigarre genießen konnte. Diese Momente und unsere rührende Fürsorge genoss er sehr.

Für Amke war die Anwesenheit der Großeltern zur Jugendweihe zugleich das schönste Geschenk. Sie hatte eine wundervolle Feier. Leider endete die schöne Zeit nach vier Wochen und es hieß wieder Abschied nehmen. Aber Oma und Opa versprachen, wiederzukommen. Das nächste Mal, so ließen sie uns wissen, wäre es kein Problem mehr für sie, die Grenze mit dem Auto zu passieren.

Die „Ostzone" hatte für meine Großeltern fürs Erste ihren Schrecken verloren. Tatsächlich kamen beide uns später auch einige Male mit dem Auto besuchen.

Natürlich fragten wir Opa dann stets, welche Strecke er von Bremerhaven aus genommen hatte. Darauf antwortete er mir einmal: „Ach min Jung, ik weet gor nich so recht, wo ik herfund bin. Oma het immer datwischen gebrabbelt. Öwer nu sind wi hier."

Nur die Zahl der Pakete, die Oma uns schickte, nahm im Lauf der Jahre immer mehr ab. „Ihr habt hier doch alles, was Ihr zum Leben braucht", hatte sie bei ihrem Aufenthalt festgestellt.

19. Kapitel

Motorschaden

Wir lebten erst ein knappes Jahr in der DDR und höchstens ein dreiviertel Jahr in der Waldrandsiedlung – da kam einem schon vieles wie ganz normal und ein Stück weit vertraut, vor. Wir hatten uns schnell an den Alltag im Osten und das Leben in unserem kleinen Dorf gewöhnt. Viele Dinge, die wir früher vielleicht noch belächelt hatten, wurden auch für uns Normalität.

Dass es in den Läden nicht alles zu kaufen gab, manches als „Bückware" dann doch zu haben war, wenn man die Verkäuferin gut genug kannte, lernten wir auch. Manchmal wurde darüber gelästert oder leise geschimpft.

Das eine Mal hatte der Dorfkonsum keinen Puderzucker, ein anderes Mal war Backpulver ausverkauft. Das nervte die Leute, brachte aber unsere Eltern nicht aus der Spur, obwohl sie eine bessere Versorgung kannten und manchmal davon erzählten, wenn sie sich am

Wochenende abends ein paar Schnäpse gönnten.

Hochprozentiges konnte man immer kaufen, aber nicht immer in guter Qualität. Mutter und Vater konnten beide, wie man es damals ausdrückte, einen „ordentlichen Stiefel vertragen", ohne davon gleich umzukippen oder in Abhängigkeit zu geraten. Wenn es dann doch mal ein Gläschen zu viel war, kam Vater häufig ins Grübeln. Aus seinen Worten war dann immer etwas von dem Heimweh rauszuhören, was ihn offenbar quälte, er aber nicht so gern offen zugab.

Ein paar Schnäpse reichten manchmal. Dann wurde Bremerhaven, jener Ort, dem er aus freien Stücken den Rücken gekehrt hatte, von ihm in den schönsten Farben gemalt und zur allerschönsten Stadt der Welt verklärt. Was die Hafenstadt mit all ihren Problemen nie war. Wenn er es uns gegenüber so sagte, klang es, als wolle er sich bei uns für das Verlassen der alten Heimat halbwegs entschuldigen oder nachträglich das Fehlen einer plausiblen Rechtfertigung für den Umzug beklagen.

Schwärmte er aber in der Kneipe oder in der Runde am Biertisch gegenüber anderen von „seinem Bremerhaven", dann war das zwar menschlich verständlich, aber nicht immer clever. Wenn er die Nordsee so vermisse, hätte er doch dableiben können, wurde ihm nicht selten vorgehalten. Was Vaters Heimweh kein bisschen minderte. Mitunter waren sicher ein paar Linientreue unter den Stammtischbrüdern. Sie hätten das Schwärmen von einer Stadt im Westen als feindliche Propaganda weitermelden können.

Im Grunde bedeuteten diese gelegentlichen Heimwehausbrüche unseres Vaters nur, dass er (noch) nicht glücklich war in der neuen Heimat. Es gab Tage, da war er schlecht gelaunt, weil im Betrieb wieder einmal einiges drunter und drüber ging oder wichtige Ersatzteile nicht verfügbar waren. Über fehlende Kaffeesahne im Konsum regte sich Vater nicht auf. Aber wenn sie in der Werkstatt die Druckluftbremse eines der Dutra-Traktoren nicht reparieren konnten, weil ein wichtiges Ersatzteil fehlte, dann ließ ihm das keine Ruhe.

Als der Werkstattmeister trotz des offensichtlichen Mangels und der Gefahr defekter Bremsen den Traktor wieder aufs Feld und damit auch auf die Straße ließ, schimpfte Vater zu Hause auf den Meister, auf die Misswirtschaft und drohte laut damit, den Betrieb bei der Staatsanwaltschaft anzuzeigen. Das sagte er nur uns, er tat es dann doch nicht.

Die kleine Werkstatt in unserem Dorf wurde durch den KfL bald aufgegeben. Die Reparatur der Maschinen und Traktoren wurde auf den Standort in die Kreisstadt verlagert. So wurden Vater und einige Kollegen aus dem Dorf täglich mit einem Bus und manchmal mit einem Lkw, dem ein geschlossener Kasten mit Fenstern und Sitzen aufmontiert war, nach Wittstock gefahren.

Einmal begleitete meine Mutter ihn in die Kreisstadt, um sich dort nach Arbeit umzusehen. Als beide abends zurück waren, hatte sie einen Job.

Der Chef meines Vaters hatte sie im KfL als „Hilfsschlosserin" eingestellt. Zu ihren Aufgaben gehörten Handreichungen und Botengänge für die einzelnen Werkstattbereiche ebenso wie das Sortieren von Schrott oder das Rostklopfen auf dem Betriebshof. Mutter übte ihre Arbeit mit Stolz aus, als wäre es der normalste Frauenjob der Welt.

Als der Sommer kam, fuhren wir an den Wochenenden wieder öfter mit Auto und Boot zum Baden oder Angeln. Inzwischen besaßen wir ein Fahrzeug mehr. Über den Genex-Geschenkdienst[4], bei dem man DDR-Ware schneller bekommen konnte, weil sie von der BRD aus mit harter Währung bezahlt wurde, schafften wir uns ein Moped, eine „Schwalbe" mit automatischer Kupplung, an. Das Gefährt wurde vor allem von Peter gern in Beschlag genommen, aber auch Amke lernte, damit zu fahren. Ich beschränkte mich auf die Rolle des Sozius.

Dass Oma das Geld an Genex überwiesen hatte, erfuhren wir von ihr am Telefon.

Das Telefonieren mit der Westverwandtschaft war jedoch in der DDR kein normaler und alltäglicher

Vorgang. Es war ein umständliches Prozedere. Das Dilemma fing schon damit an, dass es in der Waldrandsiedlung insgesamt nur zwei Telefone gab. Das eine gehörte zum Büro des ABV, der gegenüber wohnte und am schnellsten erreichbar wäre. Aber es durfte nur für Notfälle von der Bevölkerung genutzt werden, zum Beispiel wenn ein Notarzt gerufen werden musste.

Das zweite Telefon in der Siedlung, welches offiziell als „Öffentliche" (Fernsprechstelle) fungierte, befand sich bei Nachbarn am unteren Ende des Häuserkreises.

Wenn man telefonieren wollte, musste man bei den Leuten klingeln, höflich nachfragen und sein Telefonat stehend im Flur absolvieren. Die Gebühren wurden im Anschluss an das Gespräch bar bezahlt.

Wer allerdings eine Nummer im Westen anrufen wollte, brauchte Geduld. Das Telefonat wurde bei der Zentrale unter der Rubrik „Auslandsanrufe" angemeldet. Auskunft darüber, wie lange es dauern könnte, die Verbindung herzustellen, gab es nicht. Alles war möglich – von einer Minute bis zu mehreren Stunden.

Nachdem meine Eltern einmal über zwei Stunden bei den Nachbarn auf das Gespräch mit Oma gewartet hatten, wählten sie später Termine aus, bei denen sie selbst auch genug Zeit zum Warten hatten. Für die „Gastgeber" nahmen sie dann mal eine gute Flasche Wein, eine Flasche Schnaps oder ein Päckchen Westkaffee mit. Das erleichterte das gemeinsame Warten auf die Verbindung etwas.

Kam die bestellte Verbindung zustande, dann wurde das Nötigste besprochen, immer mit ziemlicher Gewissheit, dass nicht nur die Nachbarn und die Verwandten am anderen Ende gut zuhörten. Dass Westgespräche von der Staatssicherheit abgehört wurden, war kein Geheimnis. Damit wusste also auch die Stasi, dass Oma unser neues Moped bezahlt hat. Für uns war es trotzdem eine gute Nachricht.

Es war gut, dass wir dieses Fortbewegungsmittel hatten, denn unser allseits geliebter DKW erlitt wenig später einen Schaden, der auf die Schnelle nicht zu beheben war. Und ich habe es auch noch live miterlebt, wie der Kombi seinen Geist aufgab.

Ich war mit Vater von einem erfolglosen Angelausflug zurückgekommen, als er unterwegs mit großer Sorge auf die Temperaturanzeige neben dem Lenkrad schaute. Der Motor war zu heiß. Vater hielt an einem Bach, um notfalls Wasser im Kühler nachzufüllen. Der kochte zwar fast über, hatte aber kaum Wasser verloren. Die Ursache lag woanders. Unser DKW war mit einem Zweitaktmotor ausgestattet, wie damals die DDR-Autos F9, Wartburg und Trabant auch. Aber trotzdem tankte Vater kein Gemisch aus Benzin und Öl, wie man es an den Tankstellen bekam und damit üblicherweise die Zweitakter befüllte.

Am Motor unseres Autos war eine sogenannte Öl-Automatik angebracht. Die steuerte die Zufuhr von Öl zum Benzin nach Bedarf. Aus diesem Grund landete blanker Sprit im Tank unseres DeKaWupptich. Diese Öl-Automatik aber hatte ihre Tücken. Die Pumpe lieferte in niedrigen Drehzahlen oft nicht genug Öl für die Motorschmierung und sie begann an undichten Stellen Öl nach außen zu drücken, anstatt es dem Benzin zuzufügen.

So war es auch bei unserem DKW. Als Vater das bemerkte, war es schon zu spät. Er hatte den heißen Motor nach dem Halt am Bach noch einmal gestartet. Das war einmal zu viel. Nach ein paar Drehungen war er fest – ein Kolbenfresser war wohl das Mindeste. Damit war das Schicksal unseres Fahrzeugs vorerst besiegelt. Einen Originalmotor oder Ersatzteile wie Kolben, Kurbelwelle oder Zylinderkopf für ein Westauto aufzutreiben, das war in der DDR schier unmöglich.

Das wussten wir alle und sahen traurig zu, wie der Kombi, den uns ein Traktor nach Hause schleppte, auf dem Hof einen Abstellplatz auf Dauer bekam. „Am besten in eine Kuhle schieben, Benzin drüber und anstecken das Ganze...", ärgerte sich Vater. Aber verständlich war sein Groll.

Natürlich ließ er nichts unversucht, unseren Kombi irgendwie wieder in Gang zu bekommen. Gemeinsam mit Peter tüftelte er so manchen Abend an dem Auto. Aber der Motor war hinüber und ließ sich nicht retten.

Um einen Ersatzmotor aus dem Westen zu bekommen, musste erst eine Einfuhrgenehmigung beantragt werden. Um die Beschaffung müsste sich im Anschluss dann drüben jemand kümmern, der fachlich Bescheid wusste. Vater aber war zu stolz, seine Brüder oder Bekannte im Westen darum zu bitten.

Der Frust über das kaputte Auto sowie die Tatsache, dass es keinen Ausweg zu geben schien, es zu reparieren, nagten an seinem Gemüt. Er begann allmählich seine Illusionen von einem Leben in einer besseren Welt zu verlieren.

Nun regte es ihn doch auf, wenn es im Konsum mal keine Kaffeesahne, die offiziell „Kondensmilch" hieß, gab oder F6, die Zigarettenmarke, an die sich unsere Eltern gewöhnt hatten, nur in geringer Zahl abgegeben wurde. Die Unzufriedenheit über scheinbar schlechtes Management im Betrieb nahm bei unseren Eltern zu.

Sie begannen, sich in anderen Gegenden umzusehen und nach Job und Wohnung Ausschau zu halten. Denn offenbar glaubten sie nicht mehr daran, dass sie in diesem Dorf glücklich werden würden. Das geschah just zu einem Zeitpunkt, da ich mich persönlich gerade als angekommen und gut aufgehoben fühlte.

Nicht so meine Eltern. Woanders, so hielten es beide für möglich, könnte – bei besserer und klügerer Leitung im Betrieb – alles viel besser laufen. Sie zweifelten damit also nicht das System des Sozialismus an.

Es waren für sie hauptsächlich erst einmal die Verhältnisse und die Verantwortlichen direkt vor Ort schuld daran, dass der gepriesene Fortschritt auf der Strecke blieb. Dass das ganze System Ursache für Versorgungsmängel und demotivierte Mitarbeiter sein könnte, war zu dem Zeitpunkt kein Thema für sie. Auch wenn sie keine Kommunisten waren, glaubten sie noch immer daran, dass die Idee des Sozialismus keine schlechte Sache sei.

Als ich im Herbst 1969 in die neunte Klasse kam, war ich noch der Ansicht, dass ich an derselben Schule meinen Abschluss machen würde.

Peter hatte die 10. Klasse absolviert und eine Lehre als Landmaschinenschlosser begonnen und Amke, die noch ein Jahr Schule vor sich hatte, liebäugelte mit einer Ausbildung zur Krankenschwester. Nur mir fiel nicht recht etwas ein. Für schwere körperliche Arbeit hatte ich nicht die Konstitution.

Mit dem Berufsvorschlag, den die Schule mir machte, freundete ich mich nur langsam an. Ein Fachschulstudium im Anschluss an die 10. Klasse mit dem Ausbildungsziel Unterstufenlehrer sei doch ideal für mich, versuchten Lehrer meinen Eltern und mir einzureden. Aber noch hatte ich Zeit für die Entscheidung.

Dass ihre älteren Kinder anfingen, „flügge" zu werden, minderte die Unzufriedenheit nicht, die unsere Eltern befiel. Das Gefühl selbst nicht richtig angekommen zu sein, versetzte beide in eine gewisse Unruhe und Rastlosigkeit. Es sei an der Zeit, so meinten sie, sich neu zu orientieren.

So verabschiedeten wir uns im Frühjahr 1970 von unseren Nachbarn in der Waldrandsiedlung. Auch wenn es nicht ganze drei Jahre waren, die wir dort zugebracht hatten, war diese Zeit, an die ich mich gern erinnere, ein prägendes Kapitel meines Lebens.

Ein wenig hatte ich es schon bedauert, dass das Glück in der Idylle der kleinen Siedlung am Waldrand für meine Eltern nicht vollkommen genug war. Wie in ähnlichen Fällen vorher auch haderte ich nicht lange mit ihren Umzugsplänen. Die Neugierde auf das Neue gewann auch dieses Mal wieder die Oberhand.

20. Kapitel

Ein bisschen sesshaft

Unser neuer Wohnort, in den wir im Frühjahr 1970 zogen, lag etwa 30 Kilometer vom Walddorf entfernt. Bis zur Kreisstadt Pritzwalk waren es nur knapp sechs Kilometer.

Das Haus, in das wir zogen, war größer als das vorherige, aber nicht so gut in der Bausubstanz wie die Gebäude in der Waldrandsiedlung. Es war ein sogenanntes Neubauernhaus, wie man sie in den 1950er Jahren auf dem Lande mit einfachen Mitteln und zügig errichtet hatte.

Direkt an das Haus angebaut war ein großer Stall. Darin hätte man gut sechs Bullen und zehn Schweine halten können. Die großräumige Scheune, die danebenstand, wurde jedoch überwiegend als Strohlager von der LPG genutzt, in der die Eltern nun beide arbeiteten. Vater hatte einen kurzen Weg zur Arbeit, denn die Werkstatt befand sich auf demselben Hof und Mutter ging zu Fuß nur 300 Meter – in einen Kälberstall!

Fast schien es so, als wäre der Ort gefunden, in dem wir und in dem vor allem unsere Eltern endlich sesshaft werden könnten. Ein Hinweis darauf schien zu sein, wie schnell sich Mutter in ein für sie zuvor fremdes Metier einarbeitete. Es war bewundernswert, wie sie ihren Kälberstall bewirtschaftete.

Denn die etwa 30 Kälber, von denen einige nur ein paar Wochen alt waren, versorgte sie weitestgehend allein. Dazu gehörte das Anrühren der Milch aus butterig riechendem Milchpulver und warmem Wasser, was sogar aus der Leitung kam. Aber auch das Füttern der Tiere mit Kraftfutter, Heu und ein bisschen angesäuertem Mais aus dem Silo zählte zu ihren Aufgaben.

Zum Ausmisten und Einstreuen von Heu verwendete sie einen Traktor, der extra für solche Arbeiten konstruiert worden war. Der RS09 hatte vorn einen Ausleger mit einer breiten Schaufel, an der lange Zinken angebracht waren. Wenn wir Kinder Zeit und Lust hatten, dann halfen wir unserer Mutter bei der Arbeit im Stall.

Fortschritte brachten Vaters Bemühungen, den alten DKW wieder in Gang zu bringen. Zusammen mit Peter, der seine Ausbildung zum Schlosser erfolgreich absolviert hatte, tüftelte er ständig am Fahrzeug. Beide kamen zu dem Ergebnis, dass ein Wartburg-Motor passen würde.

Bei der Beschaffung des dreizylindrigen Zweitaktmotors aus DDR-Produktion mit einem Hubraum von 900 Kubikzentimeter halfen uns Oma und Opa. Sie steuerten ein paar „blaue Scheine" (100-DM-Banknoten) bei. Die Devisen-Zugabe beschleunigte den Vorgang, denn den Motor kaufte Vater bei einem privaten Händler in Wittstock. Von diesen Unternehmern existierten in der Kfz-Branche in der Region damals nur wenige. So aber musste nicht mehr zu lange auf den neuen Motor gewartet werden.

Genau passte die Ostmaschine dann doch nicht zum Westgetriebe. Die Hauptwelle des Originalgetriebes musste dafür um ein paar Millimeter verkürzt werden. So hatte Vater es ausgemessen.

Das gehärtete Material bearbeitete er aber nicht selbst. Darum kümmerte sich ein Bekannter, der an einer entsprechenden Maschine im Pritzwalker Zahnradwerk arbeitete.

Als auch das erledigt war, musste nur noch der Motor eingebaut und alle anderen Aggregate angeschlossen werden. Es war ein schöner Moment, als unser alter DKW zur Freude aller Familienmitglieder wieder zum Leben erweckt war. Der Motor lief, das Auto fuhr – fortan aber wurde das für Zweitakter übliche Benzin-Öl-Gemisch getankt.

Der Ort lag verkehrsgünstiger als unser vorheriges Zuhause. Ein paar hundert Meter außerhalb verlief eine Fernverkehrsstraße. Dort wo die Straße in unser Dorf abzweigte, befanden sich eine Gaststätte und eine Bushaltestelle. Von hier fuhr unter der Woche täglich ein Linienbus bis nach Potsdam. Die Strecke zwischen Schule und Wohnort konnte man nachmittags zur Not auch zu Fuß laufen. Oft nahm ich das Rad.

Auch zu unseren Verwandten, Großtante Minna und Großonkel Willi war es nicht weit. Ein paar Kilometer quer durch die Feldmark und schon war man da. Direkt in der Kreisstadt, nicht weit weg von unserer Schule, lebten noch weitere Verwandte. Großtante Frieda und Großonkel Ernst hatten eine kleine Wohnung mit etwas Nebengelass in der Innenstadt. Minna und Frieda waren Schwestern und die Tanten unserer Mutter.

Wie das so ist im jugendlichen Alter, machten wir Kinder uns manchmal über die Alten lustig, aber nicht, weil wir etwas gegen sie hätten. Wir mochten sie – auch mit ihren Schrullen. Onkel Willi konnte hintereinander eine lange Liste von Krankheiten inklusive der lateinischen Namen aufzählen, die ihn plagten. Einige davon hatte ich vorher gar nicht gekannt.

Auch Vater lästerte gelegentlich über „Willi und seine Krankheiten". Als er später dasselbe Alter erreichte, nahmen seine medizinischen Kenntnisse aus Patientensicht ebenso rasant zu.

Und wenn ich da heute so an meine eigenen Zipperlein denke…

Wenn ich vormittags in der Schule eine Freistunde hatte, stattete ich gern mal Ernst und Frieda einen kurzen Besuch ab – nicht immer uneigennützig. Denn der Großonkel hatte ein wundervolles Hobby.

Er stellte selbst Wein her! Alle möglichen Früchte, die er – egal zu welcher Jahreszeit – beschaffen konnte, presste oder verkochte er zu Säften, die er in grünlichen oder bräunlichen Glasballons zum Gären brachte. Davon standen so etwa 30 Stück in der Wohnung verteilt. Meistens gelang ihm der Wein sehr gut.

Wenn ich Onkel Ernst in seinem „Labor" besuchte, ließ er mich oft – ich war fast 15 – von seiner neuesten Sorte kosten. Dann gab er mir meistens eine verkorkte Flasche mit, packte diese schnell in eine Papiertüte und sagte: „Für Vati, aber erzähl mal Frieda nichts davon. Die muss das nicht wissen."

Bei der Tante bekam ich anschließend Limonade zu trinken und Kekse zum Knabbern. Bevor ich mich von ihr verabschiedete, gab auch sie mir meistens eine Flasche vom Selbstgemachten mit, den sie aus der Vorratskammer holte. „Hier den Wein soll Dein Vater sich schmecken lassen. Aber sag mal Onkel Ernst nichts davon. Der muss nicht alles wissen."

Den Wein lieferte ich aber nicht immer zu Hause ab. Ich vergaß jedoch nie, mich beim nächstem Besuch nacheinander bei beiden, in meines Vaters Namen für den Wein zu bedanken.

Jahre später habe ich meinen Eltern dann mal gebeichtet, dass ich ihnen so manche Buddel von Onkels fruchtigen Sorten unterschlagen hatte.

Es wäre nicht klug gewesen, die Flaschen mit in die Schule zu schmuggeln. Gar nicht auszudenken, wäre ich damit erwischt worden!

Außerhalb des Schulhofes fand ich ein gutes Versteck im Sand unter einem Busch. Ich musste sie dann nur wieder unbemerkt aus dem Versteck holen, wenn es nach Hause ging. Um die Verwendung machte ich mir keine Sorgen.

Im Dorf hatten wir Jugendlichen einen eigenen Klubraum, in dem wir uns trafen, den wir gemeinsam renovierten und in dem wir tanzten und feierten. Natürlich floss bei unseren Feten im „Beatschuppen" reichlich Alkohol. Es gab keinen Wirt oder Eltern, die aufpassten. Die Älteren unter uns achteten ein wenig auf die Jüngeren und wenn ich selbst mal am Abend einen über den Durst getrunken hatte, dann zahlte mir mein Körper das am nächsten Tag heim.

Peter, Amke und ich hielten uns fast jedes Wochenende im Beatschuppen auf. Amke allerdings bekam oft Ärger, wenn es abends mal wieder später wurde. Gerecht war es nicht. Denn sie und Monika nahmen unserer Mutter sehr viel Arbeit im Haushalt ab. Obwohl Amke älter war als ich, musste sie vorher fragen, wie lange sie ausgehen durfte. Bei mir schien das nicht so wichtig zu sein, ich fragte nicht, sondern blieb so lange weg, wie ich wollte.

Doch dann waren feuchtfröhliche Partys für mich erst einmal für lange Zeit tabu. Als im Herbst die „ansteckende Gelbsucht" grassierte, erwischte mich der

Virus und ich landete im Krankenhaus im 40 Kilometer entfernten Wittenberge auf der Isolierstation.

Gut, dass da unser DKW wieder lief. So konnten mich meine Eltern wenigstens mal besuchen. Das taten sie regelmäßig, mindestens einmal pro Woche, obwohl sie mein Zimmer gar nicht betreten durften und eine Unterhaltung nur am geöffneten Fenster stattfinden konnte. Auf der Station herrschten strenge Regeln.

Wir Gelbsucht-Patienten auf der „Iso" – in meinem Zimmer waren wir drei Jugendliche im selben Alter – hatten uns streng an den Diätplan zu halten. Butter und Wurst waren tabu und zu trinken gab es den ganzen Tag nichts Anderes als ungesüßten lauwarmen Pfefferminztee.

Eine Ausnahme machten die Schwestern nur, wenn jemand Fieber hatte. In dem Fall bekam der Fiebernde Sauerkirschsaft zu trinken, der wesentlich besser schmeckte als der Tee. Also sorgten wir dafür, dass unsere Temperaturen bis zum nächsten Fiebermessen anstiegen. Nachdem die Schwester die Thermometer verteilt hatte, verließ sie das Zimmer meistens für zehn Minuten. Die Zeit nutzten wir, um die Messgeräte eine Weile am Waschbecken unters warme Wasser zu halten. Aber die Werte waren dann mitunter so hoch, dass unsere Manipulation nicht lange verborgen blieb.

Die Schwester wartete dann neuerdings im Zimmer oder kam schon nach drei Minuten zurück. So mussten wir weiter den ungesüßten Pfefferminztee trinken.

Leider blieb es mir nicht erspart, Heiligabend und Weihnachten im Krankenzimmer zu verbringen. Da war ich sogar der einzige Patient auf der Station, alle anderen waren schon entlassen.

Ausnahmsweise durften die Eltern dann wenigstens mit in mein Zimmer kommen.

Sie hatten eine Überraschung, über die ich mich sehr freute. Oma hatte Pakete geschickt und es waren zwei Kisten mit Micky-Maus-Heften dabei. Einen Haken allerdings hatte die Sache. Die Zeitschriften durften wegen der Ansteckungsgefahr die Isolierstation nicht wieder verlassen. Darüber waren meine Eltern vorher belehrt worden. Deshalb bat ich sie, nur ein Paket dazulassen.

Das andere wurde schnell wieder geschlossen und „ungeöffnet" mitgenommen. Mir blieben trotzdem etwa 30 Hefte mit den lustigen Comicgeschichten meiner Helden aus Kindheitstagen. Dafür interessierte sich dann eine Pflegeschülerin aus dem ersten Lehrjahr. Sie war knapp ein Jahr älter als ich und saß am Weihnachtstag stundenlang bei mir auf der Bettkante und blätterte mit mir in den Comic-Heften aus dem Westen.

Aber schon einen Tag später, am zweiten Weihnachtstag, kamen meine Eltern wieder. Dieses Mal, um mich abzuholen und ins näher gelegene Krankenhaus nach Pritzwalk zu bringen. Um diese Verlegung hatten sie lange kämpfen müssen. Auf der neuen Station verbrachte ich den Jahreswechsel und die ersten beiden Wochen im Januar.

Danach durfte ich endlich nach Hause – entlassen mit der ärztlichen Anordnung, ein Jahr Diät zu halten, Alkohol zu meiden. Eine Sportbefreiung, die bis über meinen Schulabschluss hinaus Bestand hatte, sprang ebenfalls noch dabei heraus.

Über das Attest war ich nicht traurig. So konnte mir die Sportnote wenigstens beim Abschlusszeugnis nicht den Durchschnitt verderben. Denn ich hatte mich inzwischen entschieden, am Institut für Lehrerbildung in Potsdam zu studieren und Unterstufenlehrer zu werden.

Als wir knapp zwei Jahre nach dem Umzug Monikas Jugendweihe feierten, kamen Oma und Opa uns wieder besuchen, dieses Mal mit dem Auto. Sie nutzten die Gelegenheit und blieben etwas länger.

Auch dieses Mal war Opas Versorgung mit Zigarren durch uns Kinder gesichert. Ich glaube sogar, dass Oma das irgendwann mitbekommen hatte. Aber sie sagte nichts und ließ uns unser Vergnügen, Opa zu verhätscheln.

Die Jugendweihe war nicht nur für Monika die Aufnahme in die Welt der Erwachsenen. Unsere Eltern erfuhren auf diese Weise, dass sie es lernen müssen, loszulassen.

Rührend war eine Szene, die sich direkt am Tag der Jugendweihe abspielte. Vater sah Monika in ihrem Kleid an, das sie zu einer jungen Dame machte und blickte dabei etwas traurig drein. Daraufhin kam unsere jüngste Schwester Sigrid – damals knapp acht Jahre alt – zu ihm und sagte: „Sei nicht traurig, ich bin ja noch klein, ich bleibe noch lange bei Euch!".

Auch wenn es zunächst den Anschein hatte, dass dies der Ort sein könnte, an dem unsere Eltern dauerhaft bleiben mochten, blieben sie weiter auf der Suche.

Ende 1972, kurz vor dem Jahreswechsel, feierten wir noch Amkes Hochzeit im Dorf. Denn sie hatte dort ihre große Liebe gefunden und gründete ihre eigene Familie. Peter absolvierte inzwischen bei der Marine in Rostock seinen Wehrdienst und ich hatte mein Fachschulstudium in Potsdam begonnen.

So zogen unsere Eltern mit dem Rest der Familie, wozu ich noch irgendwie gehörte, auch wenn ich immer seltener zu Hause war, noch einmal um.

Dieses Mal ging es ein paar hundert Kilometer weit in den Norden. Hier konnte Vater endlich wieder Seeluft schnuppern und mit älteren Arbeitskollegen aus der LPG auch mal Plattdeutsch sprechen. Das hatte er lange Zeit vermisst.

Im Norden von Mecklenburg, nur wenige Kilometer von der Ostsee entfernt, fühlten sich unsere Eltern dann aber auf Dauer wohl und uns schadete der erneute, jedoch letzte Umzug der Familie nicht. Der DKW fuhr noch ein paar Jahre. So manches Mal hielt unser Vater das Auto mit Improvisation und Erfindergeist am Leben. Aber irgendwann war der Ausfall wichtiger Teile nicht mehr zu kompensieren. Der DeKaWupptich hatte seinen Zweck erfüllt und ausgedient.

Die Eltern stiegen auf einen Trabant 601 um. Den kauften sie in gebrauchtem, aber passablem Zustand für einen Mixbetrag aus DDR-Geld und D-Mark. Die Westwährung hatten erneut unsere Großeltern beigesteuert.

Der DKW landete auf dem Hof einer Nachbarin. Da freuten sich dann deren Hühner über ihren schon etwas angerosteten Blechstall aus dem Westen. Und wir hatten den alten Kombi noch ein bisschen im Blick und keiner von uns musste es übers Herz bringen, ihn auf den Schrottplatz zu schieben.

Es mutet kurios an. Aber als der DKW ausgedient hatte und die Eltern auf den Trabbi umstiegen, waren auch sie endlich in der neuen Heimat angekommen. Große Umzugspläne schmiedeten sie nicht mehr. Allerdings zogen sie später noch einmal um aus der viel zu großen Wohnung im Dorf in ein kleineres Domizil im nicht weit entfernten Ostseebad.

21. Kapitel

Heimatluft

Im Herbst des Jahres 1987, etwas mehr als 20 Jahre nach unserem Wegzug aus dem Westen, sah ich meine alte Heimat, die Stadt Bremerhaven und die Dörfer am Nordseedeich, wieder. Inzwischen war es für DDR-Bürger, die noch keine Rentner waren, möglich geworden, zu besonderen Anlässen Verwandte in der Bundesrepublik zu besuchen.

Wer keine Familienangehörigen in der BRD hatte, bekam diese Chance allerdings nicht. Es war wohl vor allem auch eine wirtschaftliche Frage. Wie sollte jemand, der keine Verwandten hat, die ihn unterbringen und beköstigen, über mehrere Tage jenseits der Grenze zurechtkommen? Mit den 15 DM, die man bei Vorlage des Ausreisevisums bei der Staatsbank zum Wechselkurs 1:1 gegen DDR-Mark eintauschen durfte, kam man nicht weit.

Ich erinnere mich gut an meinen ersten Geldumtausch. Mit dem Reisepass, in dem vermerkt worden war, dass ich in die BRD ausreisen durfte, betrat ich den Schalterraum der Staatsbank in Rostock.

Die befand sich neben dem Verlagshaus der Ostsee-Zeitung in der Lindenstraße. Ich musste einen Moment warten, weil vor mir ein junger Mann kanadische Dollar haben wollte. Die fremde Währung musste die Kassiererin erst holen. Ich fragte den Mann, ob er Seemann sei, denn ich wusste von einem Bekannten, dass Besatzungsmitglieder von Fischtrawlern mitunter an den Fangplätzen ausgetauscht wurden und dazu über Länder wie Kanada per Flugzeug reisten.

Der Mann aber verneinte und berichtete, dass er eine ältere Schwester habe, die vor Jahren einen Kanadier geheiratet hätte. Und jetzt dürfte er sie für sechs Wochen in Kanada besuchen.

„Wow, Kanada", staunte ich und meinte: „Ich fahre morgen zu Verwandten an die Nordsee und ich darf 15 DDR-Mark in D-Mark eintauschen. Für wieviel Mark bekommen Sie denn jetzt Canadian Dollar – für die sechs Wochen?". Seine

Antwort kam prompt: „Ich darf auch 15 DDR-Mark umtauschen."

Was das Geld für meine Reise anging, machte ich mir aber keine Sorgen. Ich würde mit den paar Mark und den 100 DM Begrüßungsgeld, die ich mir dort abholen könnte, schon zurechtkommen.

Die Fahrkarte für die Bahn konnte ich zum Glück in Ost-Währung bezahlen. Ich war nicht der Erste von uns, der in den Westen reiste. Vater und Sigrid hatten schon zwei Jahre zuvor die neu gewonnene Reisefreiheit getestet und waren wiedergekommen.

Anlass meiner ersten Besuchsreise, Ende September 1987, war Opas 82. Geburtstag. Wochen zuvor war DDR-Staatschef Erich Honecker in der BRD mit allen Ehren empfangen worden. Deshalb erzählte ich immer mit großer Klappe: „Nun war Erich drüben, dann kann ich jetzt auch dorthin." Von unseren Verwandten wurden wir freudig begrüßt. Vater, Peter und Monika waren auch mitgekommen.

Wir hatten fast den Status von Exoten. Aber für uns war es einfach nur schön, sie alle wiederzusehen.

Von meinem Cousin in Weddewarden lieh ich mir ein Fahrrad und radelte erst einmal den Deich entlang, bis ins nächste Dorf. Dort wohnte eine meiner westlichen Großtanten. Ich fand nach 20 Jahren Abwesenheit das kleine Häuschen auf Anhieb, klingelte und überraschte meine Verwandte. Sie erkannte mich sofort: „Du musst der Rolf sein."

Dass sich die alte Heimat und insbesondere die Seestadt Bremerhaven in den zwei Jahrzehnten rasant entwickelt hatte, war bei meinem ersten Besuch nicht zu übersehen. Von der bunten Konsum- und Glitzerwelt, in der es alles im Überfluss zu geben schien, ließ ich mich schnell beeindrucken. Die Möglichkeit, einfach dazubleiben, war so real wie noch nie. Aber die Erfahrung, dass all die schönen bunten Auslagen mir nichts nützen, wenn ich sie mir nicht kaufen kann, machte ich wenigstens schon mal.

100 D-Mark Begrüßungsgeld hatte ich vom zuständigen Sozialamt der Stadt

abgeholt. Das war mir schon peinlich genug.

Oma wies mich darauf hin, dass DDR-Besucher beim Gemeindepfarrer ebenfalls ein Begrüßungsgeld von 30 DM bekämen. Das aber lehnte ich stolz ab. Ich fand, das stand mir nicht zu. Es sollte denen vorbehalten bleiben, die auch sonst in die Kirche gingen und nicht nur, wenn es dort etwas zu holen gab.

Nach einer Woche kehrte ich pünktlich nach Hause zurück. Es zog mich zu meiner Familie. Das war stärker als meine Gefühle für die alte Heimat.

Die nächste Westreise, im Sommer 1988, hatte einen traurigen Anlass. Opa war gestorben. Nun galt es, ihm die letzte Ehre zu erweisen. Das Telegramm mit der Nachricht traf an einem Donnerstag ein und am Dienstag war die Beisetzung geplant. Viel Zeit blieb nicht, das Ausreisevisum zu beantragen.

Immerhin wurde auch für solche Anlässe von der Behörde stets die Zustimmung des Betriebes, in dem man arbeitete, eingefordert. Vater kontaktierte sofort den LPG-Chef. Der machte kein

Aufheben und wies sein Büro an, das erforderliche Schreiben zu erstellen.

Ich selbst hatte erst drei Monate vorher einen neuen Job im Jugendklubhaus eines Ostseebades angetreten. Mein oberster Vorgesetzter war der Bürgermeister. Auch er erteilte die Zustimmung für meine Westreise, obwohl er mich da noch gar nicht richtig kannte. Das rechne ich ihm hoch an.

Für meinen Bruder Peter war es komplizierter an das Dokument des Betriebes zu kommen. Denn die Werft, in der er arbeitete, hatte für solche Vorgänge extra eine Abteilung. Die war aber erst am Montagvormittag wieder zu erreichen. Unser Fernzug fuhr aber nur einmal am Tag vormittags von Rostock ab. Das teilte Peter dem Polizisten mit, der am Wochenende in meinem Beisein seinen Visumsantrag bearbeitete. „Dann gehen Sie am Montagvormittag in den Betrieb, holen sich die Genehmigung und fahren am Nachmittag in die BRD", meinte der Polizist und fügte fragend hinzu: „Sie haben doch ein Auto?".

So kam es dann auch. Ich durfte Peter als Beifahrer auf der Fahrt über die Grenze begleiten. Unser Vater wollte kein Risiko eingehen und fuhr am Montagvormittag mit dem Zug gen Westen.

Auf unserer Tour legten wir erst einen kleinen Zwischenstopp bei Mutter ein. Dann ging es mit Peters 353er Wartburg weiter westwärts. Beide waren wir trotz des traurigen Anlasses unserer Reise gut gelaunt. Den ersten Schreck bekamen wir in Mallentin, einer Ortschaft an der Fernstraße kurz hinter Grevesmühlen. Denn hier begann schon das Grenzsperrgebiet. Die rote Ampel am Kontrollpunkt hätte Peter beinahe übersehen. Den Wagen stoppte er aber noch rechtzeitig. Unsere Fahrt führte auch durch den Ort Dassow. Der nahegelegene See gehörte schon zur Hansestadt Lübeck und war deshalb von DDR-Seite aus durch eine Mauer abgegrenzt. Ein paar Kilometer weiter, an der Grenzübergangsstelle Selmsdorf angekommen, mussten wir nicht lange auf die Abfertigung warten.

Insgesamt waren die Grenzer auch nett zu uns. Nur die Dame vom Zoll plusterte sich künstlich auf, weil in Peters Geldbörse, die sie kontrollierte, 70 Westpfennige mehr lagen, als er in der Zollerklärung angegeben hatte.

Als wir an die letzte Stelle der Abfertigungskette kamen und unsere Pässe zurückerhielten, fragte Peter nach, ob wir Vater auf der Rückfahrt im Auto mit über die Grenze nehmen dürften. Die Antwort ließ nicht auf sich warten: „Na klar, Hauptsache, Ihr kommt alle zurück!".

Wenige Minuten später waren wir im Westen. Auf einem Rastplatz an der Autobahn hinter Lübeck riefen wir von einer Telefonzelle die Verwandten an. So wussten sie, dass wir die Grenze passiert hatten.

Der Wartburg brachte uns sicher zu unserem Ziel und ein bisschen Bewegungsfreiheit hatten wir im Westen mit dem Auto auch. Um das kostbare Westgeld nicht für Sprit ausgeben zu müssen, hatten wir einen großen Reservekanister Benzin dabei.

Auf der Rückfahrt aber neigte sich die Nadel der Tankanzeige dem Leerstand entgegen. Wir wussten, dass wir nach der Grenze erst in Grevesmühlen eine Tankstelle vorfinden würden, an der wir für Ostmark tanken könnten. Uns blieb nichts anderes übrig, als an der Autobahn ein paar Liter nachzufüllen. Allerdings bekam man an keiner Tankstelle im Westen fertiges Zweitaktgemisch. Das mussten wir selbst anrühren.

Das kleine Fläschchen Zweitaktöl, das wir in der Tanke kauften, war teurer als die 5 Liter Benzin, die wir zum Mixen in den leeren Kanister gaben. Aber unsere kleine Füllung, für die wir drei das Geld zusammenlegten, reichte bis Grevesmühlen.

Anfang November 1989 war ich erneut nach Bremerhaven gereist, um Oma, die Geburtstag hatte, zu besuchen. Die Reisen waren inzwischen für uns zur Selbstverständlichkeit geworden. Einer meiner Cousins meinte sogar, es werde eines Tages völlig normal sein, sich ohne Hindernisse gegenseitig zu besuchen. Was für eine Vision!

Dieses Mal war einiges anders. Die Stimmung im Zug war eine andere. Sonst hatten die Reisenden bis zur Grenze immer still und in sich gekehrt dagesessen und wurden erst gesprächig, wenn der Zug den Westen erreicht hatte. Die Leute im Abteil wirkten jetzt von Beginn an lockerer und regelrecht fröhlich.

Auch die Grenzkontrolleure, die ins Abteil kamen, sonst keine Miene verzogen und ihren Text wie Roboter aufsagten, waren dieses Mal freundlich und zuvorkommend. Die Pass- und Visakontrolle wickelten sie in einem ungewohnt schnellen Tempo ab. Wahrscheinlich gehörte das alles schon zu den Auflösungserscheinungen des Arbeiter- und Bauernstaates. Denn es waren die letzten Tage vor dem Mauerfall, als ich mit dem Zug in den Westen reiste.

Ich unterbrach meine Reise in Hamburg und blieb dort zwei Tage bei einer Bekannten. Die hatte ich Wochen zuvor zusammen mit ihrem Bruder in unserem Jugendklub kennengelernt.

Abends sahen wir uns im Fernsehen die Nachrichten an. Tausende DDR-

Bürger flüchteten damals über Ungarn in den Westen, wo sie stürmisch begrüßt wurden. Der Hauch der Geschichte umhüllte uns, ohne dass wir erahnen konnten, wie es weitergehen würde.

Bei meiner Oma hielt ich mich dieses Mal nicht lange auf. Am 9. November war ich schon wieder zu Hause und verfolgte vor dem heimischen Fernseher die berühmte Pressekonferenz, auf der SED-Funktionär Günter Schabowski, die neue Reisefreiheit für alle DDR-Bürger verkündete, die seinen Worten nach „ab sofort, unverzüglich" gelten sollte.

Mein Bruder Peter hatte diesen geschichtsträchtigen Moment von der anderen Seite aus verfolgt. Denn er war ein paar Tage später als ich an die Nordsee gereist und dafür etwas länger geblieben. Aber auch er kam wieder zurück.

Auch Jahre nach der Wende, als es längst viele tausend DDR-Bürger in den Westen gezogen hatte, die nicht wie wir, ihre Wurzeln dort hatten, blieben wir alle, unsere Eltern und wir sechs Geschwister, weiter im Osten wohnen. Dafür hat es in-zwischen einige Vertreter der nachfolgenden Generation unserer Familie in alle Himmelsrichtungen des vereinten Deutschlands verschlagen. Und das ist völlig in Ordnung so. Denn Heimat ist letztlich dort, wo man glücklich ist.

Erläuterungen und Quellen

[1] Quelle: Internet: www.archivportal-d.de

[2] Bis Anfang der 1970er Jahre trugen sowohl die Jungpioniere (bis Klasse 4) als auch die Thälmannpioniere (ab Klasse 5) blaue Halstücher, rote Halstücher, die der Ausstattung bei den Leninpionieren in der UdSSR nachempfunden wurden, hat die Pionierorganisation erst ab 1973 bei den Thälmannpionieren schrittweise eingeführt.

[3] Mindestumtausch – (im Westen Zwangsumtausch genannt) Die Regelung war 1964 von der DDR-Regierung eingeführt worden und verlangte den Eintausch von 5 D-Mark im Kurs 1:1 gegen DDR-Mark pro erwachsenen Westbesucher. Rentner und Kinder wurden befreit.

Später wurden die Beträge mehrmals geändert. Der höchste Tagessatz wurde 1980 festgelegt. Da waren es pro Erwachsenen 25 D-Mark, Quelle: Wikipedia

[4] Die Geschenkdienst- und Kleinexporte GmbH (kurz Genex; später nur noch Genex Geschenkdienst GmbH) war ein 1956 gegründetes Staatsunternehmen der DDR.
Quelle: Wikipedia

Printed in Poland
by Amazon Fulfillment
Poland Sp. z o.o., Wrocław